아침산책

김용택 에세이

나남
nanam

아침산책

2024년 10월 21일 초판 발행
2024년 10월 21일 초판 1쇄

지은이 김용택
발행자 趙相浩
발행처 ㈜나남
주소 10881 경기도 파주시 회동길 193
전화 (031) 955-4601 (代)
FAX (031) 955-4555
등록 제1-71호(1979.5.12)
홈페이지 http://www.nanam.net
전자우편 post@nanam.net

ISBN 978-89-300-4181-2
978-89-300-8655-4 (세트)

책값은 뒤표지에 있습니다.

아침산책

김용택 에세이

나남
nanam

맨 앞

길이 없는 편안함

새해다.

눈이 와 있다.

강물 위로 나온 검은 징검돌 위에 눈이 소복하다.

하얀 눈이다. 이불 속에서 발을 꺼내 징검돌을 한 개 한 개 디디며 조심조심 강을 건너가겠다.

강을 건너가서 마을을 바라보며 눈 맞고 서 있겠다.

올해는 하루에 한 편씩 글을 쓰기로 한다. 이 글을 쓰는 지금, 세상을 대하는 이 온기를 마음에 담고 새어 나가지 않게 오래오래 보관해 놓는다. 잊지 않고 꺼내 본다. 그곳에서 따뜻한 손이 세상으로 나오게 하자.

사랑이 변하지 않는 지점이 있다.

세상에는 사람들이 살고 있다. 세상에, 마음을 쓰자. 이 글이 올해 길 없는 길을 나서는 첫 마음이니 조심하여, 첫 글이다. 끈기가, 삶의 바닥이 보이면 그만두겠다.

사랑에 지치지 않겠다.

글이 중요하지 않다.

삶은 지나간다.

덧없다.

무정하다.

내가 이 세상 어디에 무슨 소용인가.

때로, 써 놓은 내 글 속으로 들어가 평화를 누릴 수 있기를 나는 원한다.

차 례

그해 여름

강 건너가 나를 본다

그해 가을

무심한 사랑은 거짓이 없고

그해 봄

내가 세상의 깊은 곳에 한 말

풀씨를 어둠 속으로 던지다

내가 사는 마을은 산과 산 사이로 강물이 흐르는 곳이다. 마을이 작다. 해가 늦게 뜨고 일찍 진다. 뒷산에 바짝 붙은 우리 집은 더 일찍 해가 진다. 한겨울 세 시 반이면 산그늘이 집으로 내려온다.

뒷산 그늘이 강을 건너 앞산을 넘어가면 땅거미가 슬슬 마을로 기어 나온다. 그 어둠을 잠시 나는 두려워한다.

저녁이 시작되면 산과 산이 나무와 나무들이 바위와 바위들이 팽팽하게 긴장한다. 어둠의 시작이 일으키는 사물들의 힘겨루기에 나는 숨이 가쁘다. 힘든 나는 강으로 나갔다. 내 삶을 덮치는 어둠을 다스리며 건넌 강을 다시 건너고 다시 건넜다. 물소리들이 아우성쳤다.

허덕이며 나는 헤맸다.

그렇게 보낸 세월이 멀어져 갔다.

산이 산으로 돌아가 앉았다.

오늘도 어둠이 오는 강길을 걷는다. 걸어온 발걸음을 생각하며, 어둠이 마을로 오는 저녁을 의심하지 않는다.

나의 아내는 해 질 녘 창밖에 오는 어둠을 좋아해서 음악을 들으며 집안일을 한다. 그것을 잊고 창문 블라인드를 내리면 "가만! 냅둬요!" 한다.

이때가 좋다. 이때란, 강길을 돌아다니며 바지에 달고 온 풀씨들을 떼어서 해 저무는 강변으로 던질 때다.

손가락 끝을 비비다

넘어진 풀잎, 꺾어진 풀잎, 쓰러진 풀잎, 자빠진 풀잎, 오그라진 풀잎, 우그러지고 찢어진 풀잎, 말라서 꼬이고 뒤틀린 풀잎, 꼿꼿하게 서서 내 시같이 비쩍 마른 풀잎.

다 쓰러졌는데 혼자 서서 흔들리는 풀대에 작은 새들이 앉기도 해서 깊게 휘어집니다.

다시는 생명이 올 수 없는 것들에도 늘 봄이 묻어 있습니다.

찬바람이 내 손을 지나가고 나는 내 손바닥을 비벼 봅니다.

바 람

바람이 왔다, 어제와는 다른 바람이.

나는 그 바람 속을 걸어갔다.

몸이 활발하다. 새벽에 비가 왔다. 빗방울은 차갑지 않았다. 디딤돌 파인 곳으로 물이 고여 있다. 어린 빗방울들이 만드는 파문을 본다.

봄이 오나 보다. 오리들도 쉬지 않고 먹이를 찾아 먹는다. 살이 뒤룩뒤룩 퉁퉁하게 올랐다. 움직임이 무겁지만, 기운차다. 날 때 멀리 그리고 하늘 높이 산 넘어 난다. 마을 위를 날 때도 있다. 쇠쇠쇠, 날개깃 소리가 들린다. 오리들이 추운 나라로 찾아갈 시간이 가까워졌다.

바람이 왔다.

어제와는 다른 저 바람은 무엇을 보고 왔기에 어제와는 다른 바람인가.

글을 쓰며

글을 쓰다가, 강가에 서 있는
느티나무를 내다보았다.
실가지들이 꼿꼿하고 팽팽하다.
어제와는 다른 색을 가져왔다.
봄이 내 앞으로 한 발 더 다가왔다.
저 나무는 슬픔을 어떻게 표현할까.
나무 밑으로 강물이 흘러간다.

다섯 시 반

아침 다섯 시 반이다. 강을 건넜다. 왜가리 한 마리가 다리 위에 앉아 있다가 나를 보더니 자리를 뜬다. 강물은 깨어났고, 서리는 아직 희다. 종길 아재가 마늘밭에 불을 지른다. 불똥이 밭두렁으로 튀었다.

나비들은 풀잎 밑에서 쉬고 있다. 문득 '나비는 자기가 생산한 바람으로 난다'는 생각을 어제 잠들기 전에 했음을 기억해 낸다.

눈이 올 생각으로 구름은 젖은 수건처럼 무겁다. 비가 와도 마을은 상관없다.

강을 건너 돌아왔다. 아직은 춥다.

비를 쫓는 비

다리의 중간쯤을 건넜을 때, 비가 한 방울 두 방울 엉성한 내 머릿속으로 떨어진다. 곧 시멘트 다리 위에도 빗방울 자국이 툭툭 정확하게 생겨난다. 빗방울이 많아졌다. 느티나무 밑으로 뛰어 들어갔다.

젖지 않은 나무 아래, 땅바닥에 나무 모양을 그려 놓았다.

커다란 가지 밑에서 비를 피하며 나뭇잎에 내리는 빗방울 소리를 들었다.

소리가 빨라진다. 소란스럽다. 비가 점점 더 많이 내린다. 빗방울 소리는 절정으로 치닫는 음악 소리처럼 빨라진다.

아무래도 비가 더 쏟아질 모양이다.

비가 비를 강 건너로 쫓는다.

내가 너에게

길은 있고, 오늘의 길은 내 마음만큼에서 끝났다. 돌아가야 한다. 길이 뒤에서 나를 보고 있다. 안 갔어도 되었을까, 간 게 나았을까. 좋았을 수도 있다. 오늘은 간 그만큼 잘 갔다고 생각한다.

내가 잘하면, 가야 할 앞길도 돌아갈 뒷길도 사라지지 않을 것이다. 길에는 몇 개의 죽은 나뭇가지, 오래 묵은 것 같은 햇살, 금방 지나가는 바람, 산을 굴러 내려온 흙 묻은 돌멩이 몇 개, 겨울 산에서 울었던 연보라색 새 울음 몇 점, 그것들이 오늘 나의 하루가 되어 주었다.

내가 걸어온 길이 내 마음으로 걸어 들어오며 닿아 이어졌다.

사랑한다. 암, 너를 사랑하고말고. 걷는 내내 내가 너에게 한 말이다. 내가 세상의 깊은 곳에 한 말이다.

사랑에는 이유가 없다. 놀라운 말이다.

이유는 없다.

내가 나에게

오늘 다 이루려 하지 말자.

산을 바라보는 일도 그만두자.

평소대로 네 발소리를 들으며 세상의 강 곁을 걸어라.

하루를, 모두 살았다.

저 창틀에 두자.

모두 고맙다.

해를 보자. 착하다.

집에 가자.

봄바람

앞산에 빛이 좋아 마스크를 쓰고 모자를 쓰고, 아내는 목도리로 얼굴을 칭칭 감고 산책 갔다. 마을 앞을 지나 강길로 나가다가 도로 집으로 돌아왔다.

바람이 너무 냉랭했다. 코끝이 찡했다. 눈물이 팽 돌았다.

나는 햇살 속에 봄이 들어 있다고 했다.

딸은 바람 속에 봄이 들어 있다고 했다.

그러자 아내는 봄바람은 처녀 죽은 귀신이라고 했다. 그래서 봄바람은 뼛속까지 사무친다고 했다.

딸이, 무서워 엄마! 그랬다.

옛날 어머니는 강에 빨래하고

빨갛게 언 손을 아랫목 이불 속에 집어넣으며

강바람이 뼛속까지 닿는다고 했다.

내 손에 닿은 어머니의 손은 얼음장 같았다.

겨울이 봄을 그리 쉽게 놓아 주겠어

달을 보았다.

바람이 쌩하고 분다. '삼월 추위가 장독 깬다'는 말이 있다. 만개한 벚꽃 위에 눈이 수북하게 쌓인 적도 있었다. 큰집의 난로 연기가, 춥다! 추워! 하며 풀풀 흩어진다.

앞산을 보니 먼동이 터 온다.

언 땅 풀리고 개구리 울면 봄이다, 하다가도 다시 찬바람이 불어 몸을 움츠린다. 사람들은 겨울이 봄을 그리 쉽게 놓아주겠어, 라고 말한다. 그런 말들을 주고받는 사이 또 며칠 춥고 따뜻한 날들이 지나간다. 그리고 온다 온다 하던 봄이 결국 와서 사람들은 텃밭에 상추씨를 뿌린다.

내가 식탁에 앉아 밥을 먹는 곳은 창밖으로 강물이 보이고 작은 느티나무가 보이는 자리다. 집을 지을 때 아내가 창문을 설계했다. 밥을 먹다가, 물을 마시다가, 무슨 이야기를 하다가, 내 눈길이 무심히 그곳을 향할 때가 있다. 비가 올 때도 있고, 강바람 불어 물결이 출렁일 때도 있고, 느티나무에 눈보라가 칠 때도 있고, 큰물이 나갈 때도 있다. 새가 날아갈 때도 나비가 강을 건널 때도, 염소가 강변에서 풀을 뜯을 때도 있다.

오늘 아침에는 바람 부는 강물 위에 오리들이 둥둥 떠 있다. 산 넘어온 햇살이 그곳으로 가고 있어서, 오리들이 일으키는 물결이 반짝인다. 출렁이는 햇살 속에 둥둥 떠 있는 오리들을 보자마자 카메라를 들고 밖으로 나갔다. 먼 곳에서 사진을 몇 장 찍었다.

사진은, 내가 그때 거기 있었고 그것을 보았고 내가 그것을 찍었다는 '말'이다. 사진은 늘 지금이다. 이다음이 없다. 사물들은 때를 기다려 주지 않는다. 그 어떤 순간도 빛도 어둠도 다음이 없다. 지금이다.

사진을 찍는 사람들은 자기가 찍고 싶은 것만 본다. 찍고 싶은 것을 찾아다닌다. 그것에 몰두한다. 그러다 그것이 시들해지면 다른 것을 찾는다.

카메라를 들면 마음을 비워야 하는데, 안 된다. 말하자면, 무관하고 무관심할 때 사물의 진실이 보인다.

지나친 의도는 나를 눈멀게 하고, 사물을 경직시켜 그 경직된 모습이 사진 속에 여실히 드러난다. 자유를 놓친다.

삽질하고 있을 때, 지나가던 동네 어른들이 "어허! 어깨에 너무 힘 들어갔다"고 했다. 예술은 힘 들어가면 힘 못 쓴다.

어깨에 힘 들어가면 자기 작품을 자기가 해석하거나 설명한다. 궁색해진다. 작품은 말이 없다.

현실은 필연이다.

앞산과 뒷산을 휩쓸며 소리 지르던 바람도 순해졌다. 오후가 되자 햇볕도 따스해졌다.

바람이 물오르는 봄 나무들을 흔들어 댄다. 그래야 겨울 동안 굳어 있던 몸이 풀려 물관을 타고 흐르는 물의 순환이 빨라진다.

봄에는 저렇게 산에 강에 바람이 불어야 한다. 그래야 강물도 크게 출렁이며 숨을 내쉬고, 산소를 보듬고 흐른다. 산도 몸을 흔들어 탁한 숨을 쏟아 낸다. 바람은 바람을 털어 낸다.

나에게도 바람이 온다.

나는 내게 오는 봄바람을 피하지 않는다.

혼자 잘 놀았다

맑은 햇살이 가득하다. 산그늘이 마을에 내려오려면 멀었다. 따스한 햇살을 받으며 뒤안으로 머위를 캐러 갔다. 머위를 찾았다. 달래가 작은 자갈돌 틈으로 솟아 나왔다. 어, 벌써? 잘 되었다. 줄기가 푸른 달래를 캤다.

오랫동안 눈이 쌓여 있던 곳이다. 자갈돌을 몇 개 치웠다. 달래 뿌리가 보였다. 손으로 흙을 살살 치웠다. 흙이 차다. 달래를 가만히 뽑아 올렸다. 흰 줄기 끝에 구근과 실낱같은 뿌리가 따라 나온다. 구근이 제법이다. 달래는 버릴 것이 없다. 등이 따뜻해져 온다. 이마에 땀이 났다. 서서 강물을 바라보며, 땀을 닦았다. 들어낸 자갈들을 제자리로 돌려놓았다.

산에 봄볕이 가득 찼다. 관목 숲에서 소나무 푸른색이 도드라진다. 저 푸르른 색은, 어쩌면 저리도, 저럴까. 오래 바라보아도 좋다. 느티나무, 산벚나무, 팽나무, 서나무, 밤나무, 참나무 꽃눈과 잎눈 움이 튼다. 잎눈과 꽃눈이 눈을 뜨기 시작하면 산은 보라색으로 변해 간다.

달래를 캐고 빈 집터로 갔다. 머위가 여기저기 돋아나기 시작한다. 호미를 들 필요도 없다. 맨손으로 땅을 살살 헤집고 돋아나는 머위를 손으로 뜯었다. 머위 새싹이 손에 닿아 서늘하다. 한 주먹 캤다.

마당가에 있는 넓적한 바위 위에 머위와 달래를 내려놓고 고양이 보리를 밖으로 내놓았다. 털을 빗겼다. 마당 잔디밭에서 놀게 두었다. 잔디 위에서 이리 뒹굴 저리 뒹굴 놀다가, 집 바깥으로 나가려고 내 눈치를 본다. 달려가 집 안으로 데려다 놓고 마루에 앉아 앞산도 보고 앞내도 보며 잔잔한 물결처럼 혼자 놀았다.

나들이 갔다 돌아온 아내가 집 안에 들어서며 바위 위에 있는 달래와 머위를 보고 "어머! 어머! 머위네! 달래 뿌리 좀 봐! 내가 캐려고 했는데!" 웃고, 좋아하였다.

저 푸른색은 어디서 왔나

마을을 날아다니는 비둘기, 참새, 멧새, 박새, 물까치의 몸에 햇살이 반짝인다. 기와지붕에도 햇빛이 흘러내린다. 여기저기 돌아다니며 캐다가 마당가 바위에 얹어 둔 달래와 머위 뿌리를 따라온 흙이 말라 돌 위에 떨어졌다.

언제 돋아 언제 자랐는지 양지쪽에 까치 풀이 우북하다. 벌써 꽃을 피웠다.

꽃잎 네 장이 앙증맞게 바람을 탄다.

남보라색 까치꽃잎 속에는 흰 점이 있다.

냉이는 언제 저렇게 땅 위로 나왔을까. 꽃이 피었다. 어떤 풀은 손가락 길이로 자랐다. 바람에 흔들린다. 쑥도 돋는구나.

샘가에 있는 돌담에 이끼도 살아나고 조팝나무 실가지 끝마다 자그마한 꽃눈이 튼다.

이른 봄날, 들길을 보는 내 눈은 바쁘다.

도대체 저 푸른색은 어디서 시작되는 것일까. 나무들은 꽁꽁 언 몸으로 그 색깔을 보듬으며 봄을 기다렸을 것이다.

햇살이 돌담 틈 깊이 찾아 들어가 놀다 나온다.

햇살은 생각보다 지구 위를 천천히 지나간다. 벌레집과 땅 속 지렁이와 흙 속에 땅강아지와 두더지들에게도 햇살은 지난다. 강아지풀 씨도 몸이 따뜻해진다. 작은 돌들도 흙도 거름도 따뜻해진다. 흙 속을 지나가는 물도 습기도 따뜻해진다. 대지가 온기로 가득 찬다.

불어라, 봄바람아!

앞산 푸른 소나무 위로 구름 그림자가 지나간다.

강가에 있는 바위 남쪽 따뜻한 온기가 등 뒤로 번진다.

아내의 잠

봄비 그친 날, 우리 집 장 담그는 날. 장 담그는 일의 순서와 차례는 아내의 머릿속에 한 점 흐트러짐 없이 설계되고 준비되어 있다. 딸하고 내가 아내의 손발이 되어 한 치의 어긋남 없이 일을 도왔다. 장을 담그는 차례 속에 우리의 활동은 아름다운 율동이었다.

장을 다 담았다. 아내는 자기 혼자 이 일을 하면 하루가 걸린다고 했다.

오후 다섯 시부터 아내는 잠을 자기 시작했다. 밤이 되어도 일어나질 않았다. 아마 내일 아침까지 저렇게 잘 모양이다.

아내는 내가 잠자리에서 일어난 이튿날 새벽 네 시까지 일어나지 않았다. 아침에 일어나더니, 열여섯 시간 동안을 잤다고 말했다.

이따금 밀려 쌓인 고단을 털기 위해 아내는 깊고 먼 잠을 잔다. 그렇게 고단을 모아 지운다.

우리 마을에는
까치 부부가 한 쌍 산다

우리 마을에 사는 까치 부부가 집을 보수하기 시작한다. 까치가 집을 보수하기 위해 제 키보다 배나 긴 나무 막대기들을 물고 날아가는 것을 여러 번 보았다.

봄이 어딘가에서 시작되었다.

까치는 자기 몸보다 큰 나무 막대기를 물고 가다 떨어뜨리기도 한다. 다시 줍지 않는다.

물고 가는 나무 막대기는 형태가 여러 가지다. 어디 쓸지 미리 알아 놓고 거기에 맞는 나무 막대기를 찾아 가져간다.

까치가 감나무에 앉아 죽은 감나무 가지를 입으로 꺾을 때 똑! 하는 경쾌한 소리가 들리면 나는 어? 까치다! 하며, 그곳을 바라본다. 감나무 속살은 희다.

까치가 감나무 밑으로 날아들어 가만가만 돌아다니며 이런 저런 나뭇가지들을 눈여겨 고르는 것을 여러 번 보았다. 감나무 가지는 찢어지지 않고 뚝, 잘 부러지지만 단단하다.

감을 따다 죽은 가지를 잘못 디뎌, 가지가 부러지는 바람에 허리를 다친 사람이 마을에 더러 있다. 사람들은 살아 있는 감나무 가지를 잘라 빨래를 두드리는 방망이를 만들어 쓴다.

봄이 오면 새들은 새로운 짝을 찾아 집을 짓고 알을 낳아 새끼를 길러 날려 보내고 나면 올해 지은 집은 버린다. 까치는 작년에 살던 집이 쓸 만하면 수리하고 보수해서 올해 알을 낳고 새끼를 기른다.

완성되어 가는 까치집 밑에 가 보면 버린 나뭇가지가 떨어져 있다. 까치는 버리거나 떨어뜨린 자재는 다시 가져가지 않는 모양이다. 집을 짓다 버렸거나 떨어뜨린 나뭇가지 쌓인 곳에 내려와 쓸 만한 것을 찾는 신중한 모습을 볼 때도 있다. 집을 수리해 가며 몇 해를 살다가 집이 너무 낡으면 다른 가지로 옮겨 가 새 집을 짓는다. 오래 걸린다.

새들은 비가 오거나 눈이 오거나 바람이 거칠게 부는 날은 집 짓는 일을 멈춘다. 까치도 새끼를 길러 내보내고 나면 집에서 살지 않는다.

까치집이 완성되었다. 까치꽃이 양지쪽에서 만개할 때다. 내가 머위를 캐려고 호미를 찾을 때다.

집 짓다 보면 부부간에 싸움이 잦다. 집 짓다 헤어졌다는 '사람 부부'도 있다고 한다. 까치 부부도 집을 수리하다가 사납게 울며, 이 가지 저 가지로 훌훌 고함을 지르며 날아다니는 것을 여러 번 보았다.

까치 부부는 갈등이 해소된 모양이다. 마늘밭에 한가하게 돌아다니며 무엇인가를 찾기도 하고, 마늘밭 울타리에 나란히 앉아 있다.

나는 눈 온 날 아침 시골 마을을 그린 클로드 모네의 〈까치〉 그림을 좋아한다. 모네의 〈까치〉는, 나무 막대기 몇 개로 만든 허술한 사립문 위에 앉아 있다. 폴 세잔은, 모네만이 "신의 눈을 가졌다"고 말했다.

까치집 지붕에 햇살이 가득하다.

까치 부부는 올해, 대문을 서쪽으로 냈다.

나비를 바라보는 고양이의 자세

산책 갔다. 멀리 가 보았다. 물빛이 곱다. 물결이 아름답다. 바람은 물결을 만들고 물결은 다른 바람을 만든다.

나는 오리가 만든 물결을 좋아한다. 잠수했다가 불쑥 솟아오르면 수면에 동그란 파문이 만들어지고, 오리는 파문에 갇힌다. 동그란 물무늬가 희미하게 번져 나가다가 소멸한다. 물결은 돌아오지 않는다.

집으로 돌아오는 길에 수십 마리 오리 떼가 날아오르는 장관을 보았다. 날개를 펴 물을 때리고 치고 발로 차고 가르며 기운차게 날아오른 오리들이 나에게로 날아왔다.

산을 넘어오는 햇살을 온몸에 받은 오리 떼는 무엄함을 다스리는 위엄이 있다.

저 광경은 연출이 아니고, 자연이다. 자연은 어느 것 하나 부자연不自然을 만들지 않는다.

하필 이때, 카메라 배터리가 나갔다. 오리 떼가 내 머리 위를 가까이 날아가는 이때, 강물에서 가져온 물방울들이 빛을 받아 찬란하게 허공으로 흩어지는 그 순간에 말이다. 강에서 놓친 고기가 매번 크듯, 절정은 늘 놓친다. 까맣게 타 버린다.

고양이 보리가 밖으로 나갔다. 청소하다 문 열어 놓은 것을 깜박 잊고 있었다. 동네에다 대고 큰 소리로 고양이의 이름을 부르며 찾았다. 아내가 엉뚱한 곳에서 찾았다. 다정하게 부르니, 거실로 훌쩍 뛰어 들어갔다.

아내는 고양이 엉덩이를 때려 주었다.

또 나가라, 아나? 또 나가. 한 번만 더 나갔단, 봐라, 알겠지?

한가하다.

낮잠을 길게 잤다.

낮잠을 자다 깨서 날이 너무 환하길래, 어? 벌써 아침 해가 이렇게 떴나? 내가 늦잠을 다 잤나 보네, 하고 어리둥절하였다.

아침 아니고 오후였다.

흰나비를 처음 보았다. 두 마리다. 한 마리는 마당을 날아다니고 다른 한 마리는 강변으로 날아간다. 범나비가 돌담에 붙어 날개를 접었다 폈다 한다.

고양이가 창밖에 있는 나비를 잔뜩 노리고 앉아 있다. 터무니없고 어림없는 일인데, 결정의 순간을 고르는 듯 고양이의 자세는 빈틈없는 긴장감이 흐른다.

언제나 봄은 고양이의 이런 어림없는 자세에서 온다.

달 주위에 있는 구름

눈이 떠졌다.

눈이 부드럽지 않다.

가만히 누워 있었다. 불편하지는 않았다. 별생각 없었다. 시계를 보았다. 어? 네 시다. 벌써? 그런데 내게 시간이 무슨 상관인가. 일어나도 되겠다.

마음이 하는 말을 몸이 알아들었다. 일어났다. 이불 네 귀를 맞추어 가지런히 개어 두고, 누워서 하는 스트레칭을 했다. 어제와 같은 행동인데, 몸이 어제와 다르다.

세수했다. 거울로 얼굴을 보았다. 큰 불편은 없다.

현관문을 가만히 따고 밖으로 나와 살며시 닫았다. 문 여닫는 딸그락 소리가 귀에 남는다. 조심스러워, 고요 속에 든다.

하늘을 보았다.

달이 서쪽 산마루로 가 있다.

달 주위 구름이 환하다. 환하게 걸었다. 나는 달이 다니는 길을 알고 있다. 바람이 강물 소리를 실어 왔다. 걸으면서 들었다.

마음을 정돈한다.

정돈이 자연이다. 정돈은 실상이다. 정돈은 질서다.

그것은 수긍과 긍정으로 세상과 나를 연결하는 고요다. 아름다운 운동이다.

나의 하루를 시작한다.

음악 같다

서재에 와서 창문을 열어 두었다.

돌담 아래 작은 연못에서 개구리가 순하게 운다.

고양이 보리가 창틀에 앉아 어둠 속을 오래오래 바라보고 있다. 신중한 모습으로 뚫어지게 개구리 우는 곳에 골몰한다. 개구리를 찾나 보다. 그러다 편하고 한가하게 앉아 밖을 내다본다. 저런 미련 없는 무심도 없다. 돌 위에 얹힌 돌덩이같이 어떤 방향도 안 본다. 눈 뜨고 눈 감았다.

어둠 속 개구리는 울다 쉬다 울다 쉬다 또 운다. 띄엄띄엄 적당한 간격을 골라 적당한 지점에서 적당한 소리로 운다. 음악 이다.

나는 고양이 뒤에 앉아 개구리가 울다 그치고 다시 울 때까지 어둠을 바라보며 앉아 있다. 어둠도 부드러워졌다. 편안하다. 안전하다. 이런 평화가 따로 없다. 조용하다.

달은 구름 속으로 가고 있을 것이다. 저기 하늘이 조금 밝은 곳. 지금 그곳이 달이 머문 곳이다.

아니다, 달은 머물지 않고 자기 길을 간다. 나는 평생 달이

다니는 길을 따라다니며 살았다.

달도 귀를 기울이고 지상에서 우는 개구리 울음을 듣고 있을 것이다.

순한 구름 순한 달 순한 개구리 울음소리. 나무들의 자세가 바르다. 실가지 끝에서 뿌리 끝까지 물이 관을 타고 오르내리고 있을 것이다. 나는 땅속으로 뻗어 가는 나무들의 실뿌리 끝, 밝은 눈을 생각하였다.

나무들의 물관 속을 지나다니는 물소리를 듣는다. 사람들이 움직이지 않은 이 새벽은 순하다.

나도 착한 봄에 왔다.

순천

순천에 갔답니다.

매화는 생각 못 했지요. 차를 타고 지나는 길가에서 방긋방긋 웃기 시작하는 홍매를 보았습니다.

봄날의 진분홍은 색이 좀 다르지요? 순천에 사는 시인은 돌담을 타고 기어가는 줄기를 따라서 다문다문 핀 꽃을 내게 보여 주었습니다.

개나리의 꽃잎 테두리는 네 장으로 보입니다. 이 꽃은 꽃잎이 하나둘 셋 넷 다섯 여섯 장입니다. 작은 게 꽃잎이 많기도 하네요. 하고 싶었던 말을 결국 참지 못했나 봐요. 처음 본 꽃입니다.

짙은 녹색 줄기가 담장에 길게 줄기를 내려가며 피는 이 꽃은 눈에 넣어도 안 아플 것같이 작고, 아직은 찬 기운이 남은 이른 봄날에 똑똑하게 노랗습니다.

이름이 뭐라고 그랬는데, 지금은 생각이 나지 않습니다.

꽃이 작아 꽃잎이 잘 보이지 않아 바짝 다가가 눈을 꽃 가까이 들이댔습니다. 정말 이렇게나 작은 꽃잎이 하나, 둘, 셋, 넷,

다섯, 여섯. 더 세어 보고 싶은 여섯 장으로 보입니다. 봄볕이 아직 완연하지 않아 봄바람도 그러한데, 이렇게 꽃 모양과 색깔이 또렷하다니. 나는 눈을 가까이 더 바짝 들이대고 고것 참! 고것 참! 이란 감탄사만 나옵니다.

밥 먹으러 가며 언뜻 본 산골짜기 산그늘 속 나뭇가지에 머문 한낮의 햇살이 반백 머리칼 몇 가닥으로 실낱같이 반짝였습니다. 어디서 본 듯 잠깐 스친 것 같은 풍경인데, 오래 남을 풍경이 되었습니다.

아, 봄이다. 봄!

홍매 하면, 구례 화엄사 검정 기왓장의 홍매와 나무 몸에 새뜻하게 푸른 이끼가 살고 있는 순천 선암사 홍매지요. 우리는 홍매 이야기를 많이도 나누었습니다.

흙담을 넘어온 매화나무 가지에 꽃이 필 때, 날씨가 고르지 못하여 봄날의 그리움이 얼얼하게 얼어 시들 때도 있습니다.

구례 남원 순창 지났습니다. 모두 사람 살기 좋은 고을들입니다. 해와 달이 오래 머물다 가며 하루를 다 못 본 듯, 뒤돌아보게 하는 땅입니다.

순천에 내가 아는 시인이 둘 있습니다. 모두 교수들입니다. 순천에 있는 대학교수, 하면 어쩐지 정말 교수 같고. 손가락으로 저기 저 남쪽에, 하며 순천 쪽을 가리키면 마음속에 있는 햇살들이 양지로 모여 따뜻해집니다.

우리나라 국토 지리에서 그이들끼리 잘 살 것 같은 고을. 우리가 안 찾아가도 쌀쌀한 이른 봄, 홍매가 교정에 피어날 테니까요.

시인 둘이 순천만 갈대밭 새들 곁에서 겸상으로 점심 먹고 느린 두루미걸음으로 하나둘 피어나는 홍매를 보며 시를 생각할 테니까요.

아참, 그 꽃 이름은 영춘화迎春花라고 하네요.

그해 봄

오늘 아침 산책길 강변에 노란 새가 날았어요. 어? 꾀꼬리다. 높은 돌 위로 올라섰어요. 꾀꼬리였습니다. 눈앞이 노랬습니다. 몸은 노랗고, 양 날개 끝 꼬리가 까맣습니다. 가슴이 두근거렸어요. 얼굴이 화끈거렸어요. 강을 건넌 꾀꼬리가 푸른 산 높이 날아올랐습니다. 푸른 산 높은 곳, 우거진 숲속으로 꾀꼬리가 노랗게 사라지는 것을 바라보고 서 있었습니다.

민달팽이가 길을 건너고 있었습니다.

외롭고 고독해 보였어요.

길은 아스팔트 길이랍니다. 아직 차는 지나가지 않았습니다. 작은 막대기로 민달팽이 가운데 몸을 살짝 들어 올렸습니다. 사람 맨손보다 나무 막대기가 달팽이 몸에 익숙할 테니까요. 나는 그렇게 생각했답니다. 민달팽이가 가려는 곳이 어디인지 모르지만, 길 건너까지 가만가만 걸어가서 키 낮은 풀잎 위에 살며시 내려놓았습니다. 달팽이를 들고 가면서,

"너 길 잘못 들었다."

내가 그렇게 말했답니다.

내 말을 알아들으면 좋겠는데. 말을 알아듣지는 못해도 내 마음이라도 전해졌으면 좋으련만.

강길은 호젓했어요. 너무나 호젓해서, 당신이 있었으면 좋겠다고 생각했습니다. 당신과 같이 걷다 보면, 인적 없는 길모퉁이에서 우리는 우리도 몰래 손을 잡았을 텐데. 그러면 우리는 손의 뜻을 알고 마주 보며 환하게 웃었겠지요.

우리는 그 웃음의 뜻을 서로 잘 알아서, 세상 끝 우리도 모르는 곳까지 가서 좋아 웃었겠지요. 그러다가 내가 살짝 안으면, 주위를 둘러보며 당신은 은근히 내 손을 허리 뒤로 돌려 감으며,

"누가 봐, 누가 보면 어쩌려고?"

하며 내 눈을 자글자글 바라보겠지요. 그러겠지요. 그리고, 그러면서 당신은, "꾀꼬리다!" 하며 내 몸을 밀어내며 당신 손을 풀겠지요. 그러겠지요.

마음을 담아 걷다

마음에 생긴 길 하나를

세상의 길과 이어 보았다.

그 길을 따라

집을 벗어나 걷다가 강가에 서서 뒤를 돌아보았다.

돌아갈 수 있는 길이 있다.

길 끝에 내 생을 이어온 오래된 마을이, 내 생의 전부였을 산 아래 몇 가옥이 조용히 놓여 있다.

나의 모든 말이 한길로 모아져, 저 마을로 걸어 들어서기를.

걸어 놓은 후회와 낙담 그리고 거기서 새로 다시 시작하던 내 발걸음을 잊지 말자.

나는 어제 걷던 길을 오늘 걷는다. 어디를 가든,

어디로 가든,

마음을 담은 내 한 걸음이 한 걸음을 배워

한걸음으로 저 마을에 닿는다.

이른 아침과 때늦은 오후를 후회함

봄은 내게 두려움이다.

식별할 수 없는 불안과도 같은 미열을 남긴다.

비가 몇 방울 지나갔다. 비는 초록의 잎에서 마르고 구름은 흘러간다. 앞산 머리에 걸린 구름 몇 점이 아침노을로 흩어진다. 산이 무거워지며 자세를 고쳐 앉았다.

봄의 허망에 또 속았다.

이러고 살기를 몇 해인가? 후회와 각성은 봄날의 내 전유물이 되었다.

나는 낡아 간다.

물가에서 달은 얼마나 밝은가.

작은 새들이 앉아 자는 휘어진 나뭇가지는 아름다운 모양을 달빛 아래 선사한다.

생에 답이 어디 있는가. 무엇을 결정하였느냐. 다짐이 무슨 소용이고, 달은 저만큼 갔는데 맹세는 어디다가 하는 건가.

봄맞이꽃이 소식도 없이 언제 다 졌다.

마을 불빛이 하나둘 강가에 도착한다.

지금 내가 어디에 있는지,

또 나를 잊었다.

살구나무 가로수 길 이발소

순창 읍내로 이발하러 갔다. 목욕탕 안에 이발소가 있다. 이른 아침이라 나이 든 사람들이 많다. 나이가 많은 사람들이 미끄러운 목욕탕 바닥을 딛고 직립으로 걷는 일이 위태로워 동작이 불안해 보인다. 육체는 체념하는 중인데, 왕년의 일상을 포기하지 못한 몸들은 설명할 수 없이 불편하고 슬퍼서 성질나 있다. 몸은 외롭다.

이발하고 강천산으로 물 받으러 갔다. 몸에 좋다는 이 물을 받아다가 먹은 지 이 년쯤 되었다. 이 물을 마시고 건강해지거나 오래 살 생각은 없다. 물이 맛나서, 아내는 고추장 담그고 나는 봄여름에 찬물로 마신다.

물 받으러 가는 길은 순창읍 가기 전에 오른쪽으로 낮은 두 고개를 넘어 몇몇 마을들을 지난다. 낮은 산굽이를 돌 때마다 들 끝 저 멀리 산 아래에 마을들이 아늑하게 앉아 있다. 낮은 고개 하나를 넘어 들길을 가는데, 마을 앞 도로에 초등학교 3학년 그리고 2학년쯤 되어 보이는 여자아이 둘이 멀리서 왼손을 번쩍 들고 길을 건넌다. 내 차 때문에 저런 자세를 취하고 길을 건널 텐데, 하지만 내 차하고는 거리가 멀어도 너무 멀어서 나는 혼자 크게 웃었다.

이 길은 차들의 왕래가 아주 뜸한 곳이다. 그래도 아이들은 학교와 집에서 단단히 교육받은 대로 교통도덕을 철두철미하게 준수한다. 나도 속도를 아주 줄였다. 길 건넌 아이들이 높은 논두렁에 올라서 있다. 그 모습에 다시 웃음이 나왔다. 아이들은 분홍색 잠바에다가 짧은 치마를 입고 흰 스타킹 차림이다. 가방 색깔까지 둘 다 똑같다. 등교 차림이 주위의 풍경에 비해 다소 어색해 보였다.

가까이 다가가서 앞뒤를 살핀 후 차를 멈추고 차창을 천천히 열었다. 나는 반갑고 명랑한 표정으로 애들아, 안녕! 하며 손을 흔들었다. 그냥 지나칠 수 없는 반가운 풍경이다. 아이들이 서 있는 논두렁 풀잎에는 이슬이 맺혀 있다. 아이들이 발길에 이슬 털린 자국이 두어 군데 보인다. 아이들 신발은 이슬로 젖어 있을 것이다. 언니로 보이는 아이가 나를 향해 고개를 까닥하더니 팔을 반쯤 들어 두어 번 손을 흔들고, 동생은 언니 저 사람 누구야, 하는 표정으로 언니를 올려다본다.

학교 잘 갔다 와! 나는 다정하고 다감하게 웃으면서 인사를 하고 아이들 앞을 천천히 지나갔다. 가다가 백미러를 들여다보니, 아이들이 내 차를 바라보고 있다. 어떤 영화 장면처럼 차창 밖으로 손을 내밀고 크게 흔들어 주었다.

지난 봄날 이 길 오른쪽 마을 이층집 붉은 기와지붕 위로 살구꽃이 피어 있는 것을 본 기억이 났다. 혹시 그 집에 사나?

언젠가 평양에 갔을 때 보았는데, 평양개선문 부근에 가로수가 살구나무였던 것 같다. 길가 이발소에서 이발하는 모습이 차창 너머로 보였다. 이발사가 가위질을 하다 고개를 살짝 돌려 우리 쪽을 바라보았다. 그의 각진 얼굴을 나는 잊을 수 없다. 그때 갔던 북쪽 어느 고원에 흰 감자꽃이 서늘할 때였으니, 살구가 익을 무렵이었는지 모른다.

그런 생각을 하며 갔던 길을 따라 집으로 돌아왔다. 아이들 둘이 논두렁에 서 있던 단정한 모습이 눈에 선하다. 이제 와 생각해 보니, 그 길목에서 초등학생을 만난 것이 처음이었다. 그래서 더 인상에 남아 있을 것이다. 도시에서 시골로 이사를 온 지 얼마 안 된 것은 분명해 보였다. 몇 가지 이런저런 사연의 경우들이 생각나기도 했다. 머릿속이 복잡해지지는 않았다. 단정히 잘 빗어 묶은 아이들의 머리를 보면 엄마 솜씨인 것 같기도 했다.

이상하게도 종일 살구나무가 있는 평양의 이발소와 북쪽 어느 고원 너른 감자밭 가에 서서 희고 고운 감자꽃을 바라보던 때와 논두렁이 낯선 듯 서 있던 아이들의 모습이 눈에 어른거린다. 논두렁에 서 있던 아이들과 평양의 거리와 감자꽃은 서로 이어지는 풍경이 아닌데도 말이다.

그 아이들의 무표정한 얼굴이 약간은 파리했다는 느낌이 든다.

봄을 나누어 가졌으면
덜 힘들었을 텐데 말이다

어둠이 물러났다.

밖에 나가 보려고, 걸어 보려고
강가를 건겠다.

그러다가 보면 왔던 봄이 가겠지.
내 생의 어느 봄날이.

내 발자국 소리를 밟으며 가만가만 걷다가 올게.
어디만큼 갔다 올게.

네 슬픔이
내 슬픔으로 와 있는 거기까지.

거기 서 있어 볼게.

뒤안이 환한 집이구나

아내가 살구나무에 꽃이 피었다고 살구꽃 좀 봐 달라고 합니다. 며칠 전 뒤뜰에 볼일 보러 갔을 때 꽃봉오리 몇 개가 터지려고 했는데, 결국 터졌나 봅니다.

아내는 뒤뜰에 어린 살구나무를 볼 때마다 지붕 너머로 활짝 필 살구꽃 이야기를 했습니다.

삼 년 전 어린 살구나무 한 그루를 우리 집 뒤뜰에 심었습니다. 어린 살구나무를 뉘어 놓고 땅을 파 구덩이에 몽근 흙을 깐 다음 뿌리를 잘 펴서 나무의 모양을 살핀 후, 방향을 잡아 바로 세워 흙을 덮고 물을 주었습니다.

사람들이 나무를 심고 물을 주는 것에 대해 찬반이 있습니다. 나는 물을 주었습니다. 물이 땅속으로 스며들면 흙의 틈새를 메워 건조한 봄바람이 뿌리로 가는 것을 막아 줄 것이라는 생각이었습니다. 발로 흙을 따독따독 잘 밟은 후 다시 손으로 조심조심 다독여, 마무리했습니다.

어린 살구나무를 심고 오다가 뒤를 한 번 돌아보았습니다. 가지들의 모양을 따라 동서남북 방향이 잘 설정되었습니다.

여름이면 풀이 우북하게 자란 곳이라, 이따금 창문 밖으로 내다보다가 풀들을 베어 주었습니다.

작년에, 그러니까 살구나무를 심은 지 삼 년째 되던 해에 살구꽃이 몇 개 피어났습니다. 키도 작은 어린 살구나무가 봄볕 속에 처음 꽃을 피웠을 때, 나는 감격해서 아내를 불렀습니다. 내 손으로 심은 나무에 꽃이 핀다는 것은 정말 기분 좋은 일이었습니다.

그런데 놀랍게도 살구가 열렸지 뭡니까.

세상에, 내가 직접 심은 나무에 콩나물 대가리같이 납작한 자주색 열매가 열리다니. 무릎을 굽히고 눈을 들이대고서 살구를 가만히 들여다보았지요.

열매는 점점 커갔습니다.

묘목을 심고 나서 삼 년 정도가 지나면 나무의 첫 과일이 열립니다. 대개 첫 과일은 나무의 장기적인 성장을 생각해서 열매를 따 준다고 합니다. 그래야 나무가 튼튼하게 자란다고들 하지요.

나는 열매를 들여다보며 딸까 말까 망설이다가 어린 살구가 아까워서, 에이 자기가 알아서 열렸으니 자기가 알아서 하겠지! 하며 그냥 두었습니다. 자기 일을 자기가 알아서 하겠지, 하는 마음이었습니다.

풀이 우거지고 집 주위 나뭇잎들이 무성해지면서 살구나무가 눈에 잘 뜨이지 않게 되었습니다. 그래도 이따금 생각이 나서 창문틀에 올라 살구나무를 보곤 하였지요. 살구가 점점 커질 때마다 어? 재 좀 봐! 살구가 익을 건가 봐! 그랬는데 정말로 살구가 익어 갔습니다.

살구는 토실토실했습니다. 똑똑했지요. 야무졌습니다. 살구가 익으면 표면 어딘가에 붉은 연지색이 돌고 주근깨가 끼기 마련인데, 살구는 노랗고 깨끗하고 투명해 보였습니다. 잘 익은 살구가 살구나무 잎 뒤에 있다가 바람이 불면, 노란 얼굴이 살짝살짝 나타났습니다. 수줍음 타는 사람의 얼굴로, 때로 까꿍! 하는 얼굴로요. 가서 만져 보고 싶었지만 참았습니다.

해가 질 때는 더 샛노랗게 빛이 났습니다.

아내도 나도 딸도 우리끼리만 알자고 하며 어디에다 자랑하고 싶어도 참자며 다른 사람들에게 보여 주지 않았습니다. 옛날 동네에 아이들이 많을 때는 어떻게 저렇게 살구가 온전하게 익어 가겠느냐며 옹골져했습니다.

살구는 다섯 개였습니다. 전부 고이 무르익었습니다. 우리 집에 온 지 삼 년쯤 된 어린 살구나무가 나비를 부르고 벌을 부르고 바람과 햇살을 받아들이며 비바람 속에서도 온전하게 열매를 보호하여 익히다니. 우리는 노란 살구가 달린 살구나무를 바라보며, 대견해했습니다.

저 살구를 언제 따 먹을 건가에 대해 우리들은 의견을 모았습니다. 안 따 먹고 그냥 익어 저절로 떨어질 때까지 둘까도 생각했지만, 그래도 우리가 먹는 게 좋지 않을까, 이렇게 의견이 모아졌습니다. 식구가 다 모인 다음 주쯤 살구를 따자고 했습니다.

한 해를 더 보낸 올해, 살구나무에 꽃이 더 많이 피었습니다.

아내나 나나 살구꽃을 좋아합니다. 늘 봄꽃 하면, 살구꽃이지, 하며 아내는 자기 고향 마을 우물가 살구나무 꽃을 자랑하기도 했습니다. 봄이 되어 어디에 살구꽃이 피면 작년에 했던 살구꽃 이야기를 또 하지요.

살구꽃을 보라고 해서 뒷짐 지고 가만가만 돌담길을 걸어가 살구나무 살구꽃을 보고 있습니다. 올봄에도 거름 조금 주고, 북을 돋아 주고, 뜬 땅도 따독여 주었지요. 아내는 돌로 나무 둘레를 잘 보호해 놓았습니다.

꽃이 환하게 핀 어린 살구나무 곁에 나는 서 있습니다.

어디를 가다가도 살구나무를 보게 되면 우리 집 살구나무가 생각나서, 나는 좋습니다.

살구나무가 더 자라 큰 나무가 되면 봄마다 환한 꽃을 피우고 마을 앞의 강을 넘어다보겠지요. 바람이 오면 바람을 타고 바람의 세기만큼 하얀 꽃잎을 지붕 너머로 날리겠지요. 바람 타고 날아오다가 바람 끝에서 땅으로 내리는 살구꽃을 상상합니다. 내 어린 손녀가 그 꽃잎을 줍는 날도 있겠지요. 바람이 불어 꽃잎이 나비처럼 나풀나풀 날리면 꽃잎이 나비 같네,

하며 날아가는 꽃잎을 보며 서 있겠지요. 어머! 어머! 하면서 친정집 뒤안 살구나무를 바라보겠지요.

살구나무로 뒤안이 환한 집이구나, 하며 어른이 되어 있겠지요.

내 마음이 떨렸다

비 그쳤다.

앞산 나무들이 촉촉하게 젖어 어제와는 다른 색이다. 산속에 참나무 강가 느티나무 산에 산벚나무, 실가지들이 보라색이다.

아름다운 색깔을 찾았다. 산이 봄으로 가며 고와진다. 생생해진다. 전체적인 움직임 감지된다. 걸었다.

산은 하늘빛을 닮고 산 사이를 흐르는 강물은 산빛을 닮는다. 강물이 보랏빛이다. 여울에서는 보라가 희게 부서진다. 부서져 흐르는 물결은 푸른 하늘과 보라색 산빛 그리고 바람을 섞어 흘러 청록으로 숨을 고른다. 새들이 운다.

문득 섰다. 아니 서졌다.

새소리는 나뭇가지 끝에 맺힌 봄날의 절망처럼 아슬아슬 영롱하다.

봄날은 희망보다 절망이 곱다. 절망의 절정이 그렇다. 음을 받아 모아 아침산책을 작곡하고 싶다.

강 건너 쪽 물 위로 나온 바위에 쇠오리들이 모여 앉아 몸단

장을 하고 있다. 그곳에서 나는 소리인가? 아니어서 산을 보며 오래 서 있었다.

내가 걷는 오른쪽 숲에서는 박새, 멧새, 뱁새, 오색딱따구리, 어치들이 울며 날며 부산하다.

뱁새를 우리 동네 사람들은 콩새라고 부른다. 학명은 붉은머리오목눈이다. 뱁새는 떼로 난다. 비비비비, 울며 날아서 비비새라고도 부른다. 몸이 나뭇가지나 마른 풀잎과 같은 갈색 계통이라 숲에 앉아 있으면 분간이 쉽지 않다. 모습을 찾았다 싶으면 금세 또 날아가 버린다.

작은 새들은 순간 이동한다. 나를 보면 가시덤불 사이로 일제히 몸을 숨긴다. 감쪽같다. 작은 몸으로 내 앞 저만큼에서 길을 건너 난다. 한 마리 두 마리 날갯소리가 포롱포롱 들린다. 작은 새들은 한곳에 오래 머물지 않고, 엄폐물이 없는 도드라진 곳에 앉지 않는다. 생존 본능이다.

강 가운데에는 노루 꼬리를 닮은 논병아리 두 마리가 잠수하여 그린 동그란 파문이 사라지기 전에, 솟구쳐 새로운 파문을 만든다. 동동 떠서 숨을 깊이 들이마신 다음 또 잠수한다. 논병아리가 물속을 헤엄치는 것이 보일 때도 있다. 물속에서 빠르기도 하다.

들이마신 숨의 길이보다 오래 견디고 있는 것 같아서 내가 숨이 찰 때가 있다.

균형은 자연의 날개다. 새들의 움직임은 한 치의 오차를 허용하지 않는다. 나는 새들이 내놓은 답안지와 대조하여 내 시를 해석하고자 애쓴다.

뱁새는 자기들이 사는 곳에 자기들처럼 작은 집을 짓는다. 뱁새의 집은 어른들 큰 주먹만 하다. 농부들은 뱁새의 집 짓는 장소 선택을 보며 한 해 농사 일기를 예상한다.

물가 바위에 이따금 딱새가 강물을 바라보고 앉아 있을 때도 있다.

어디만큼 갔다가 되돌아 걸었다.

산을 보면 물에서 일어나는 일을 놓치고, 물을 보면 산에서 일어나는 일을 놓친다. 딱따구리 하는 짓을 보다 보면 박새를 놓치고, 박새가 하는 짓을 보다 보면 물총새를 놓친다.

산을 보면 한가해지고 물을 보면 조급해진다.

마을에 이르자 강가 느티나무 꼭대기에 까치가 나무에 앉아 놀고 있다. 봄비 온 날 아침 까치의 흰 날개가 더욱 희다.

아내는 텃밭에 상추씨를 뿌린다. 상추씨는 바람에 날리기 때문에 모래를 섞어 바람이 자고 있는 이른 아침에 뿌려야 한다. 상추씨는 괭이나 호미로 덮지 않는다. 손가락을 갈퀴손 모양으로 만들어 손톱이 묻히지 않을 깊이로 살살 흙을 긁는 시늉만 한다. 정식으로 덮으면 싹이 못 나온다.

어른들은 상추씨를 '거짓말'로 덮어야 한다고 한다. 농사일에서의 이런 '거짓말'은 과학화되어 전해 내려오는 농경사회의 전통 문리다.

문리는 기울지 않은 균형을 찾아가는 아름다운 자연과 인간의 정치적인 노력이다. 아니 정무적이고 인문적인 감성의 판단에 가까운 말이다. 상추 싹은 며칠 만에 돋는다.

이치는 싹이 돋는 분명함이다. 옳다고 인정하는 것이다.

새싹들은 흙을 뚫지 않는다. 쌍떡잎식물들은 싹이 다치지 않게 씨껍질을 투구처럼 쓰고 밖으로 나간다. 두 개의 떡잎을 모자 속에 감추고 흙과 흙 사이를 지나서 바람과 햇살 속에 며칠 있다, 투구를 벗어 가며 두 개의 잎을 펼친다.

쌍떡잎식물들은 때로 투구 위에 흙을 이고 땅속에서 나오다가 농부들을 만나 놀라기도 한다. 봄비에 젖었다가 서서히 말라 가는 포슬포슬한 땅은 씨 뿌리기 좋은 흙이다.

오늘은 보름이다. 하늘에 뜬 달이 내가 보고 걸어 다니던 산길과 강길을 환하게 비출 것이다. 뱁새들이 몸으로 발을 감추고 앉아 풀잎 사이로 뜬 달을 보고 있을 것이다.

어느 날 나는 가시덤불 속에 앉아 있는 뱁새하고 눈이 마주친 적이 있다. 그의 차분한 눈동자를 본 순간 그가 나를 오래 보고 있었다는 생각이 들기도 했다. 네가 나를 보고 있었구나! 내 마음이 떨렸다.

달이 떠서 가다가 달이 떨어지는 저 물가에 내 집이 있다.

누가 달빛이 죽고 사는 저 서정의 강을 내게 주었는가.

아까 그 새소리가 어디서 들리는 것 같다.

집을 그쪽으로 가만히 기울인다.

봄은 문득이 없다

비 오다 그쳤다.

아내가 친구들하고 강 건너 밭에서 일렬횡대로 쭈그려 앉아 나물을 캔다. 강을 건너갈 때 아내는 오늘은 쑥과 담배나물과 머위만 뜯어 오겠다고 했다.

담배나물은 개망초를 말한다. 아내와 친구들은 나물을 다 캤는지, 산복사나무 아래 삼각대형으로 앉아 나물을 다듬더니, 일어나 일렬횡대로 한가하게 강을 건너온다.

햇살이 나란히 고르다.

봄은 문득이 없다. 하나하나 일일이 골고루 빠짐없이 온다.

봄맞이꽃이 화단에 피었다. 희고 작은 꽃잎이 다섯 장이다. 파리똥만 한 샛노란 점이 꽃 가운데 콕 박혀 있다. 바람이 불면 온몸을 흔들어 반가움을 표현한다. 쭈그리고 앉아 들여다보아야 자세히 보인다. 그 꽃은 봄의 흰 눈동자다. 꽃을 그리라고 하면 아이들은 이 꽃 모양을 그린다. 꽃의 전형이다.

가시덤불 벼랑 끝 산복사꽃이 애잔하게 핀다. 저만치 뻗어나간 꽃가지 끝에 핀 꽃 몇 송이는 간신히, 희미한 설움 같다.

가시덤불 속에서 온갖 넝쿨이 산복사나무를 타고 오른다.

바람이 불었다. 바람을 타고 날다가 날개를 활짝 펼친 나비 한 마리가 바람 위에 누워 바람을 타고 흘러가다, 안 되겠는지 바람에서 벗어나 날개를 펼치고 자기 바람으로 날아간다.

어느 날인가는 방 안에 나물들을 쏟자, 나물을 따라온 나비가 방 안을 날아다녔다. 나풀나풀 방 안을 날던 나비가 벽시계 뒤로 숨어 하룻밤을 새우고, 아침이 되자 방 안을 날아다녔다.

흰나비가 저기 있네, 잊고 있었네. 문을 열었더니 밖으로 날아갔다. 식구들이 창틀을 잡고 서서 날아가는 나비를 오래 바라보았다. 하얗게 멀리 흰점으로 깜박, 꺼질 때까지.

봄날은 바람 부는 꽃그늘 아래를 지나다녀야 한다.

아내의 친구들이 나물을 나누어 까만 비닐봉지에 담아 들고 집을 나선다. 손에 들린 봉지를 한 번씩 내려다보고 걷는다.

저녁 먹고 한참 있다가 비닐봉지같이 검은 산에서 달이 떠올랐다. 희미한 달이다. 체한 듯 질린 색이다. 오늘도 어제처럼 달을 보았다. 달이 어제보다 늦게 왔다. 달이 늦게 온 것을 저 달이 아는데 내가 무엇을 모르겠는가.

바람 불었던 봄날

해 질 무렵, 아내가 나물을 뜯어다가 다듬습니다. 뽀얀 쑥, 축축한 땅에서 자란 돌미나리, 나의 시가 되어 준 쑥부쟁이, 돌 위에서 자란 돌나물을 캐고 뜯어다가 다듬습니다.

나는 빨래 걷어다가 정리 정돈해 놓고, 아내 나물 다듬는 데 갔습니다. 나는 하루 중 빨래를 갤 때 제일 온순해집니다.

나물을 다듬으며 아내가 나더러 '저어어어-쪽'에 가서 개망초 좀 뜯어 오랍니다. 개망초가 이른 봄에 나물이 됩니다. 조금 더 자라면 뻣뻣해서 나물이 되지 못합니다. 나물이 되는 풀을 뜯으면 뜯은 자리에서 싹이 나오는 풀이 있습니다. 나물이 되는 나무 새순을 꺾으면 바로 위나 아래에서 새순이 돋습니다. 나물로 종자가 멸절되는 일은 없습니다.

앞산 도리깨나무의 잎이 떨어졌습니다. 새잎이 밀고 올라오는 모양입니다. 새로운 잎이 돋아나며 헌 잎을 밀어내서 떨어뜨립니다. 밀리는 것이 대세입니다. 새것에게 헌것이 당하지 못합니다. 사람들하고는 다르지요.

오늘도 어제처럼 뒤뜰의 살구나무 꽃을 보러 갔습니다. 꽃잎이 화사합니다. 나는 키가 작은데, 나보다 키가 작은 살구나무 옆에 서 봅니다.

이 나무는 내가 심었습니다. 살구나무를 심으려고 구덩이를 다 판 후 나는 나무를 들고 이런 생각을 하였지요. '정식으로 살고 싶다.' 나는 나무를 정식으로 심었습니다.

겨울바람에 뜯기고 갈라지고 찢어지고 쓰러진 풀잎들, 세상 다 포기한 채 서 있는 바짝 마른 풀대들, 오리들은 강물을 떠났습니다. 아직 가지 않고 남은 몇 마리 오리들은 자주 자리를 뜨며 마을 높이 날며 바람 타는 연습을 합니다.

봄은 내게 병 같은 것입니다. 그냥 가난해지고, 심난하고, 때로 이유 없이 짜증내고, 그냥 열 받습니다. 갱년기가 닥친 아내처럼 마음이 오르락내리락하다 하루해가 저물고 맙니다. 나는 정신적으로 육체적으로 봄을 심하게 탑니다.

새 풀 돋아나는 밭에 앉아 마른 잡초를 모아 태우는 농부들의 등은 바람을 타며 강물 쪽으로 더 깊이 굽어 갑니다. 봄을 태우는 연기는 맵습니다.

마을 앞 느티나무 잎은 피어나지만, 마을의 그 어떤 색도 이기지 못하여 아직 자기 색을 드러내지 못했습니다.

새벽이면 휘파람새가 웁니다. 이 새소리는 휘휘 구슬픕니다.

이렇게 심한 봄을 타다가 어느 봄날 아침 봄비라도 촉촉하게 내리면, 그리운 봄바람을 볼 것입니다. 새로운 그림을 그리기 시작한 화가의 마음처럼, 그의 손길처럼 설레는 날들이 그려지겠지요.

그날을, 그런 봄날의 오후를 기다립니다. 잎 피는 나무 아래로 걸어오세요. 바람이 되어 오세요. 바람 부는 길로 나가, 바람을 잡고 흔들리게요.

아내가 나물바구니 들고 일어서서 옷을 털며 다 되었다, 고 기분 좋아합니다. 그리고 나 들으라고 한마디 합니다. 이제 새 빨래를 널어야 할 텐데?

나는 뜬금없이, 여보 밤에 휘파람새 우는데 그 새 우는 소리 들어봤어? 아내가 멀뚱멀뚱 나를 바라보며, 아니 언제 울었는데요? 근데 그 새가 휘파람을 불어요?

중구난방 봄날이네요.

흔적이 없다

해가 질 무렵 뒷산에서 우지직 우지끈 와르르 쿵, 무엇이 무너지는 소리가 들렸다. 집히는 게 있어 얼른 일어나 뒷산 당산나무를 보았다. 오랫동안 죽어 있던 아름드리 당산나무 가지가 무너지는 소리였다. 죽은 나무 잔해들이 뒤늦게 튀어 올랐다. 비에 젖어 먼지는 일지 않았다. 뒷산이, 나무들이 한참 동안 몸서리를 쳤다.

느티나무는 우리 마을 나이와 같다. 사오백 년쯤 되었다고 한다. 지금도 죽은 나뭇가지가 여러 개다.

꾀꼬리가 앉던 가지였다. 까치가 놀던 가지였다. 물까치들이 날던 가지였다. 파랑새가 까마귀가 오색딱따구리가 호반새가 울던 가지였다. 봄이면 이 나뭇가지 구멍에 원앙이 집을 짓고 새끼들을 떨어뜨렸다. 눈보라 치던 어느 해 물까치 한 마리가 커다란 소리를 울던 나뭇가지였다. 서리가 슬고 별들이 내리고 지나가는 달을 부여잡고 울던 가지였다.

더는 잎을 피우지 못하고 점점 죽어 가던 아름드리 나뭇가지가 죽어 썩어 가다 자연으로 폭삭 내려앉았다. 지탱을 이기지 못한 것이 세월이다.

가지가 뻗어 있던 자리로 새들이 날아간다. 바람이 가다가 허전하겠다. 나비들이 날아가다 돌아보겠다. 달이 지나가다 내려다보겠다.

강을 건너며 잎이 피어나는 느티나무를 자꾸 바라보았다.

느티나무 죽은 가지가 자꾸 헛보였다. 칠십 년이 넘게 바라보았던 나뭇가지다. 이 느티나무를 마을 사람들은 당산나무라 한다. 마을의 뒤를 지켜주는 나무다. 당산제를 지냈었다.

사라진 나뭇가지 흔적은 없다.

그런다고 그리되는 것은 아니지만

아침노을이 떴다 졌다.

노을 뜬 하늘가에서 새들이 날았다. 요즘 이런 생각을 할 때가 있다. 그런다고 그리되는 것은 아니지만, 읽을 책이 많아졌으니 조금 더 살고 싶네, 하는 생각 말이다. 이런 생각을 처음으로 하였다.

언젠가부터 하루에 적어도 오십 페이지 정도 책을 읽겠다고 혼자 다짐하고 그 다짐의 결과에 상당히 만족하고 있어서 일 것이다. 그렇다고 있는 힘을 다하지는 않는다. 나는 평생 인생살이의 계획을 세우지 않고 살았다. 그러니까, 혼자 좋아서 하는 소리라는 말이다.

자연 속에 살며 자연으로 자연을 배우고 자연으로 자연을 쓰고, 작은 마을의 일들을 보고 다시 배워 글을 쓰니 하루하루 해가 서산으로 잘 가고 달도 잘 떠 있는 편이다.

마을 공부는 지루하지 않다. 마을 공부를 통해 공부대로 살아가려고 노력한다.

한번 깨달은 것을 나는 쉽게 버리지 않는다. 마을 공부는 버릴 것이 없다. 마을 공부에다가 세상의 지식을 얻으면서, 나는 나름대로 새로운 눈이 트이는 걸 실감하며, 혼자 좋아한다.

세상을 바라보는 여유를 나는 이제야 조금씩 얻어 간다. 삶의 겸손이 보인다.

마을을 보다

신을 신었다. 잘 신었다. 땅을 한 번 힘주어 디뎌 보았다. 강가에 이르렀다. 강에 이르기 전 물소리를 들었다. 잿빛 등에 흰 줄이 두 개 있고, 목까지 노란 몸을 가진 날씬한 노랑할미새가 꽁지를 까불며 물 위로 나온 돌멩이 위에 앉아 있다가 날아간다. 할미새는 한 번의 날갯짓으로, 강물에 스칠 듯, 멀리 난다.

강 건너에서 마을을 바라보았다.

시인의 일상은 낱낱이 버릴 것이 없다.

버렸다가도 일일이 다시 주워 유용하게 쓴다. 이 세상에 생명 아닌 게 없다. 버릴 마른 풀잎 하나 없다. 생명은 죽지 않는다.

할미새가 하는 말을 나는 일일이 잘 받아 적는 공부를 한다.

720걸음

마을을 나올 때 왼쪽 밭에는 종길 아재가 밭을 매고 있다. 땅에 바짝 엎드려 있어 잘 보이지 않는다. 일에 열중이어서 말을 걸지 않았다.

오른쪽 밭가에 유모차가 있었다. 당숙모의 유모차 위에는 등산용 지팡이가 얹혀 있다. 당숙모도 옥수수 잎에 가려 보이지 않았다.

푸른 콩들이 벌써 나박나박 컸다. 하루가 다르게 콩 모양을 갖춰 간다. 잎에 이슬도 받았다.

아직 곡식을 심지 않은 땅이 있다. 당숙모의 밭은 당숙모의 머릿속에 그려 놓은 설계도대로 일 년 농사가 착착 진행된다. 밭의 경계가 뚜렷하고 곡식들이 빈틈없이 배치되어 가을까지 간다.

사람들은 이렇게 잘 가꾸어진 밭을 밭이 공단같이 곱다, 고 한다. 아름다운 한 편의 시이자 그림이고 음악이다.

곡식을 일일이 돌보는 농부들의 마음을 곡식들이 알고 있다. 옥수수를 딸 때 보면 안다.

당숙모네 땅은 붉다.

작년에 수해가 났을 때 유실된 흙을 황토로 보토하였다. 붉은 흙이 푸른 콩잎과 선명한 대비를 이룬다. 푸르른 생명의 기운과 붉은 흙의 생명력이 다투며 생생하고도 강렬한 기운을 내뿜는다.

생명과 생명 사이의 갈등은 조화를 꿈꾸며 새로운 세계를 끊임없이 창조한다.

강을 건너갔다가 오며 집까지의 발걸음을 세어 보았다. 강 건너 산 밑에서부터 서재 입구까지 360걸음이다.

먼 산에서 뻐꾹새가 운다. 뻐꾹새 소리는 들을 때마다 멀고 깊고 아득한 곳으로 들어가는 것 같다. 닿을 수 없는 그 어떤 곳으로 걸어 들어가는 것 같다.

자연은 수긍하고 긍정한다. 그래서 자연은 힘이 세다.

아침 발걸음은 깊은 힘에 닿는다. 내가 오늘 걸은 걸음은 720보다.

아주 더 많이 신기한 일

어제 전주로 강연을 다녀왔다. 끝나고 주최 측에서 선물로 준 쌀하고 딸기를 받았다. 딸기 향이 좋다. 단내가 차 안에 가득 퍼졌다.

내일 딸아이가 오는 날이라, 순창으로 놀러 나간 아내가 딸이 좋아하는 딸기를 사 올 것 같아 문자를 보냈다. 딸기 갖고 가니 사지 마. 집으로 돌아온 아내가 그렇지 않아도 딸기를 사려고 했는데 마침 잘 되었다고 좋아한다.

그리고 오늘 아침에는 아내가 사과도 사고 시금치도 사야겠다는 말을 하고 있는데, 그때 누가 큰 검정 비닐봉지를 들고 우리 집 마당으로 들어왔다. 나가 보았더니, 요새 마을 공중화장실을 고치는 내 제자다.

그 집 형제들도 내가 다 가르쳤다. 수녀님이 된 큰딸, 해군사관학교에 간 큰아들, 밑으로 건축 일을 하는 동생과 앞에 앉은 막둥이는 이웃 면 소재지에서 고춧가루 방아도 찧고 떡도 하는 방앗간을 운영한다. 요새는 여기저기 작은 관청이나 마을회관 같은 곳을 보수하는 일을 한다. 어머님도 아버님도 나랑 잘 지냈었다.

그러니까 그 집 셋째 아들이 검정 비닐봉지를 들고 들어온 것이다. 이게 뭐냐, 했더니 요새 선생님 마을에서 일을 하고 있다고 하니까 어머니께서 선생님 드리라고 쑥갓이랑 상추랑 파를 주기에 가져왔단다.

같이 밥을 먹으며 제자의 살아온 이야기를 들었다. 짧은 시간에 부모 형제의 근황을 죄다 들었다. 우리네 삶에서 크게 벗어나지 않은, 이런저런 삶들을 꾸리고 가꾸고 때로 아프게 버리며, 살아왔고 살고 있고, 살아갈 그들 형제자매 얼굴이 차례차례 스쳤다.

제자가 돌아간 후 아내는 비닐봉지를 열면서 참 이상도 하지, 딸기를 사야겠다고 했는데 당신이 딸기를 가지고 오고, 시금치를 사야겠다고 했는데 또 당신 제자가 시금치를 가지고 왔네.

그리고 오늘 아침 사과가 다 떨어져 사과를 사야 한다고 말을 하고 있는데, 오늘 오기로 한 친구들이 집 안으로 사과 상자를 가지고 들어오는 게 아닌가. 정말 신기했다.

무엇을 사야 하는데 하면 누가 그것을 보내오거나 들고 오는 일이 종종 있어서, 우리 식구가 놀랄 때가 한두 번이 아니다. 어떨 때는 하루에 두서너 명이 다녀가며 이런 것 저런 것을 돌담 위나 마루에 놓고 가는 날도 있다.

용케도 같은 물건이 서로 겹칠 때는 없다.

그런데 오늘 아침 제자가 가지고 온 상추와 파와 시금치 모양새가 바로 찬을 만들 수 있도록 잘 다듬어진 걸로 보면, 아마 아들 먹으라고 어머니가 다듬어 준 것을 우리 집에 가져왔다는 것이, 아내의 조심스러운 짐작이다.

아마 그 말이 맞을 것이다.

그해 여름

강 건너가 나를 본다

새로 태어나는 말

다리 위에 쭈그려 앉아 흘러오는 물을 바라보았다. 멀리서 보면 강이고, 가까이서 보면 물이다. 흐르는 물을 오래도록 보고 있으면, 최면에 걸린 듯 생각이 지워지고 나중에는 물도 사라진다. 그리고 끝내 어디를 보고 있는지도 잊어버린다. 하염없다. 내가 없다. 다리가 저릴 때 그제야 내가 돌아온다.

물새 한 마리가 내 앞으로 걸어와 물을 보며 꽁지를 까분다. 작다. 올해 태어났는지, 앳되고 경계 없다. 머리, 가슴, 다리, 날개, 꼬리 모두 깨끗하다. 티 하나 없다. 곱다. 예쁘다. 귀하다. 작아도 우아하구나. 머리끝에서 긴 꼬리 끝까지 한 치의 어긋남 없이 균형 잡힌 몸이다. 완벽한 자태다. 반했다. 방금 '반한다'는 말이 내 안에서 새롭게 태어났다.

아까 바라보던 물을 잊는다.

삶은 하염없지 않다.

내가 시에 대해 처음 한 말

작은 빗방울이 떨어지는 강을 건너가며 나는 속으로 시를 조금 아는 것 같다, 고 혼자 말했다.

내가 생각한 곳으로 한 발 옮겨 보았다. 발이 그곳으로 옮겨졌다. 나는 되었다, 고 말했다. 강을 건너오면서는 이런 생각을 마저 하였다. 아무튼 시를 조금은 아는 것도 같다고.

이 말은 시를 써 온 이후 내게서 처음 나온 말이다.

이 말은 강에 떨어진 빗방울의 파문같이 내 전신으로 잔잔하게 번져 나가 나를 물들였다. 내가 시를 안다고?

빗방울이 빗방울 자국을 말끔하게 지운다.

자기가 그려 놓은 파문을 자기 스스로 지운다.

여름이다

꾀꼬리 울음소리도 호반새 울음소리도 안정을 찾았다. 파랑새 울음은 아예 들리지도 않는다. 알을 품고 있을 것이다. 새들이 자기 구역에서 안정된 울음으로 울 때 요란한 밤꽃은 진다.

숲이 평정을 찾았다. 모두 짝을 정하고 살 만한 구역에서 자리를 잡고 자기 집에서 알을 낳아 품고 있을 것이다.

새를 찾으려는 눈길도 발걸음도 생각도 번거롭지 않다.

새들의 안정된 울음과 활동은 시간의 흐름과 계절의 변화를 말해 준다. 여름이다. 봄을 지나온 내 발걸음도 차분해진다.

강을 건너가 마을을 바라보거나, 강길을 조금 더 걷다 마을로 돌아와 큰 느티나무 밑에 서 있다가, 천천히 걸어 집으로 온다.

내 피곤이 쉴 때다. 강과 산, 나무들, 콩과 옥수수, 참깨와 들깨, 벼들이 땅 맛을 찾아 푸르러지고 포기를 불려 간다.

내가 쉬어야, 달이 쉰다. 바람이 쉰다.

이제 어제와는 다른 말을 하게 될 것이다.

농부의 기쁨

어리석음이 얼마나 달을 둥글게 하고 밝게 하는지를 안다. 서편에 지는 달이 깨끗하다. 깊은 산속에서 나온 해맑은 얼굴이다. 얼굴이 곱다.

나의 아침산책은 고요하다. 내가 길을 내며 가는 것 같다. 걸어온 내 길을 지워 주는 고요 속을 내가 간다. 고요 속에 하지 감자꽃이 피어 있다. 희다.

호반새가 돌아왔다. 작년에 울던 곳에서 운다. 가까이 가서 보았다. 삼십 미터쯤 되는 거리다. 호반새를 이렇게 가까이 보기는 처음이다. 놀랍다. 고개를 왼쪽으로 돌리고 운다. 황금색에 가깝다. 입이 뭉툭하게 길고 끝이 뾰쪽하다. 밤나무 숲으로 날아갔다. 가서 또 운다. 우는 소리를 듣고 서 있다.

아침밥을 먹으면서 〈농부의 기쁨〉이란 음악을 들었다. '기쁜 농부'라는 말이 기분 좋게 하였다. 이른 아침 잘 자란 벼를 보러 강 건너 논에 가시던 아버지의 발걸음이 저 음악처럼 기쁠 때도 있었으리라.

천둥이 구름을 불러 모은다

천둥이 울었다, 번개 없는 천둥이. 구름도 가벼웠다. 동쪽 하늘이 환하였다. 구름 조각들이 잘 모이지 않는지 여기저기 돌아다니며 천둥이 운다. 번개가 가볍게 지나간다. 잠자다가 엄마 찾는 아기 잠꼬대같이 우는 천둥이 귀엽다.

현관을 나왔다. 비가 지나간 모양이다. 마당에 잔디와 주위의 나뭇잎들이 선명하다. 깨끗한 유월 아침의 푸르른 기운이 몸을 감싼다. 몸이 가벼워졌다. 천둥이 또 은근하다. 저쪽이다. 이번에도 구름이 잘 모이지 않는다. 설득이 잘 되지 않아, 아쉬운 소리다.

마당에 내려섰다. 다시 이쪽에서 천둥은 운다. 마당 위 전깃줄에 딱새 한 마리가 까맣게 앉아 있다. 비는 오지 않지만, 우산을 들었다. 우산 들고 가지 않으면 돌아올 때 비 맞는다. 마을을 나왔다. 발걸음을 정리하듯 걸었다. 가볍게 또 가볍게 더 가볍게 걸었다. 내가 생각한 만큼의 내 몸무게가 발걸음에 실린다. 가볍다. 가뿐하다.

강을 건너간다. 수면이 고요하다. 어찌나 고요한지 내가 수면 위를 딛고 걸어가도 예수님같이 물이 꺼지지 않을 것 같다. 고요한 수면을 응시하고 서 있었다. 천둥은 하늘을 돌아다니며 구름을 부르지만, 구름이 사양하는 모양이다. 아직도 모이지 않았다. 산 밑에 바짝 서서 산을 올려다보았다. 푸른 산 냄새가 난다. 나는 물을 뒤에 두고, 산이 좋다고 혼잣말을 한다.

꾀꼬리들이 강을 사이에 두고 울음을 주고받는다. 진정한 구애의 울음소리는 애절한 노래가 된다. 오른쪽 길로 몇 발자국 가다 돌아섰다. 짧은 시간인데 금세 구름이 모여 날이 어두워진다. 천둥이 무슨 말을 했기에 구름이 저렇게 금방 모여드나? 구름은 협박한다고 설득당하지 않는다. 자연은 강요를 따르지 않는다. 비가 곧 내릴 것 같다. 어두워진다. 그러고 보면 천둥은 아침부터 하늘에서 부지런하였다.

집에 왔다. 서재로 들어서니, 비가 온다. 천둥은 구름을 더 모아야 하는지 이제는 남쪽에서 조금 큰 소리로 운다. 빗소리는 가볍다. 풀잎 나뭇잎 꽃잎 상추 파 작은 연못으로 떨어지는 빗방울을 바라보았다. 어여쁘다. 가만가만 아침 비가 온다.

강가 바위들을 적시며 비는 강물 위를 걸어 마을로 온다.

꾀꼬리 울음소리 듣고 참깨가 난다

찔레꽃이 만발하였다. 강물로 휘어진 찔레 꽃가지를 보았다. 얼굴을 강물에 비춰 자기 얼굴을 보고 싶었나 보다.

아침에 보는 찔레꽃, 저녁에 보는 찔레꽃, 한낮에 보는 찔레꽃이 다르다.

아침 산그늘 속 찔레꽃은 희다. 저물 때 찔레꽃은 서늘하다. 어둠을 밀어내는 힘이 있다. 한낮의 찔레꽃은 고민이 없고 괴로움도 없다.

집에 와서 책상에 앉는데, 집 앞 느티나무에서 꾀꼬리가 운다. 울음소리가 선명하다. 얼른 나가 보았다. 뒷산 밤나무 숲으로 몸을 감추는 꾀꼬리 노란 몸을 보았다. 순간이다.

꾀꼬리가 이 산에서 운다.

꾀꼬리가 저 산에서 운다.

꾀꼬리 울 때 참깨를 땅에 묻었더니

꾀꼬리 울음소리 듣고 참깨 난다.

살아 있는 책, 나무는 정면이 없다

이 책은 이백 년쯤 되었다. 강 언덕에 서 있다.

이 책 밑에서 놀던 어느 날 한 어른이 어떤 형에게 이런 말을 했다. "아니, 저놈은 영리한 놈이여, 하나를 가르쳐 주면 열을 알아 부러."

이 마을에 태어난 사람들은 죽을 때까지 이 책을 통해 세상을 배우는 학생이다. 이 학교는 졸업생이 없다.

느티나무로 태어나 지금도 느티나무로 사는, 이 우람한 책으로, 봄을 여름을 가을을 겨울을 그리고 다시 새로 오는 봄을 배워 세상으로 나가고 세상에서 돌아온다.

이 마을에 태어나 산 지, 일흔다섯 해가 되던 때에 나는 시 한 편을 써서 이 책에 바쳤다.

새들의 시

나무는 정면이 없다.

바라보는 쪽이 정면이다.

나무는 언제 보아도

완성되어 있고

언제 보아도 다르다.

나무는 경계가 없어서

자기에게 오는 모든 것을

받아들여 새로운 정부를 세운다.

달이 뜨면 달이 뜨는 나무가 되고

새가 날아와 앉으면

새가 앉은 나무가 된다.

나무는

바람의

눈송이들의

새들의 시다.

공부와 집

공부란 돌아오기 위해 하는 것이다.

숲을 지나 강을 건너 들길을 지나 고향 마을 느티나무 밑을 지나 마당에 들어서서 부모님께 인사하고 아는 사람들에게 반갑다고 손잡는 일이다. 돌아오고, 돌아오고, 돌아와서 사람들의 얼굴이 새롭다.

시時는 인간의 고향, 집으로 돌아가는 멀고 먼 여정이다.

흔들리는 우산

아침 여섯 시다. 늦게 깼다.

물을 데워 마시고 밖으로 나왔다. 비가 온다. 가는 비다. 우산을 썼다. 검정 우산 위에 빗소리가 제법이다.

마을 밖으로 나왔다. 어디선가 호반새가 운다. 멀리서 운다. 깊은 곳이다.

빗줄기가 굵어졌다. 우산 위의 빗소리가 커졌다. 바람이 생겼다. 우산이 흔들린다.

먼 데서 호반새가 자꾸 울고, 나는 그곳을 가늠한다. 저기쯤이다. 저기일 것이다. 그곳을 자꾸 찾는다. 찾으면서 울음소리에 젖어 든다.

내 깊은 곳에 숨은, 나도 알 수 없는 삶의 비밀이 돋아난다.

강을 건너가서 마을을 바라보았다.

종길 아재가
새는 알아듣지 못할 욕을 하다

큰집 고샅에서 재섭 아버지를 만났다. 어디 가시냐니까 논에 간단다. 걸어서 가시냐니까 운동 삼아 그런단다. 평소에는 네 발 달린 전동차를 타고 간다.

모내기가 다 끝났다. 아침 논에 가는 농부가 오랜만이다. 뒷짐 지고 이슬 털며 가만가만 논두렁을 걷다가 허리를 깊이 숙여 저쪽 벼를 살피는 모습들이 눈에 선하다.

종길 아재도 만났다. 고추밭 고랑을 걷고 있었다. 콩을 심어 놓았는데, 비둘기가 떡잎을 똑똑 따 먹는단다. 새들 때문에 농사 못 짓겠다고 하신다.

마을 쪽에서 비둘기 한 마리가 날아오더니, 콩밭 위 전깃줄에 앉는다. 저기 있네요, 했더니 아재가 우여! 우여! 하며 쫓는다.

비둘기는 꼼짝도 안 한다. 아재가 돌을 주워 던진다. 날아가 다른 전깃줄에 앉는다. 아재가 비둘기에게 욕을 하였다. 비둘기는 알아듣지 못할 욕이다.

비둘기들은 농부들이 어떻게 해도 자기들을 어떻게 할 수 없다는 것을 알고 농부들의 부아를 돋운다.

재섭 아버지는 아직도 강길을 천천히 걸어가신다. 길에는 아무도 없다. 고요가 깊다.

나비는 풀잎을 붙잡고 잠을 잔다

나비들은 풀잎을 붙잡고 잠을 잔다.

명아주 잎 위에 날개를 접고 모로 누워 자기도 한다.

아침 해가 떠서 속 날개가 다 마를 때까지

몸을 뒤척이지 않고

기다린다.

나비 생각

아침에 눈을 뜨자

어제 해 질 무렵 보았던 나비가 생각났다.

카메라를 들고 강에 나갔다.

원앙 울음소리다. 애타게 운다. 물 위로 나온 바위에 앉아 있다.

부근에 새끼들이 있을 것이다. 아니나 다를까, 어린 새끼들이 날개로 물을 치고 차며 헤엄쳐 간다. 생각보다 몸이 서툴다.

저기 다 저기야! 엄마가 저기 있다! 원앙 새끼들이 다급한 울음소리가 아침 강물에 파문을 일으킨다.

새끼들을 데리고 풀숲으로 들어간다.

강이 조용하다. 안심한다.

나비는 어제 그 자리 그 풀잎을 붙잡고 쉬고 있다.

안개가 걷히고 해가 떴다. 산이 환하다.

이 나비가 그 나비일까.

나비는 잠을 자지 않는단다.

풀잎을 잡고 쉰다는 게 맞단다.

나비들은 바람 불고 이슬 깨는 풀잎 끝을 붙잡고 풀잎도 휘어지지 않는 몸무게로 풀잎을 따르며 쉰다.

뒤돌아보다

강을 건너갔다 돌아오는데
뒤에서 어떤 새가 사납게 울었다.
비명 소리다.
새라고 무슨 일이 없을까.
서지 않고 걸으며 뒤돌아보았다.
다리 중간쯤이었다.
모내기 철이라
강물이 탁하다.

물결에 마음을 싣다

안개가 앞산 허리를 감고 있다가 서서히 푼다. 희고 깨끗하다.

강의 중간쯤에서 물소리가 크게 들렸다. 물소리 곁으로 다가가 보았다.

흐르는 물에 몸을 실으면 세상의 어느 부두에 닿는다.

물소리 속에는 놀라운 현실을 만나게 하는 기쁨이 있다. 무게를 버려야 배를 탄다.

서서 발이 무겁다.

강을 건너가 마을을 바라보았다. 종길 아재가 오토바이 타지 않고 논에 갔다 오신다.

보고 서 있다.

새벽 논에서 집으로 걸어가는 농부의 발걸음이 느리다. 더디다. 몸이 무겁다.

오늘은 혼자 밥을 지어 먹어야 한다.

떠 있는 달

하늘에 반쪽 달이다. 정확한 반쪽이다.

종길 아재가 무슨 일이 있는지 오랜만에 강을 건너간다. 아재는 재작년부터 강 건너 논농사를 짓지 않는다.

논이 묵었다.

종길 아재가 다시 강을 건너온다.

그래, 저 걸음걸이는 '온다'가 아니고 '오신다'가 맞다.

농부들의 걸음걸이에서 나는 이따금 산의 위엄을 본다.

집에 와서 이 글을 썼다

종길 아재네 밭을 지나간다. 아재가 마늘을 다 캤다. 오늘 아침은 밭을 다듬는다. 모든 농사일은 그렇게 일일이다. 하나도 빠트리면 안 된다. 모든 밭에 모든 논에 손길이 닿는다. 모든 흙에 모든 곡식에 손길이 닿는다. 농부의 손처럼 아름다움을 창조하는 손은 없다.

강 건너 꾀꼬리가 우는 곳으로 갔다. 꾀꼬리가 오늘은 보이지 않는다. 하늘을 보았다. 하늘 높이 새 두 마리가 난다. 강을 건너왔다. 당숙모가 콩밭에 앉아 풀을 맨다. 작년 수해로 보토를 한 곳이다. 붉은 흙에 푸른 콩이 자란다. 호미로 비린 잎과 명아주 어린 풀들을 뽑는다. 일일이 하나하나 뽑는다. 작은 풀이라도 다 이슬이 맺혀 있다. 당숙모의 손이 젖었다.

집에 와서 이 글을 썼다. 당숙모가 손으로 밭에 풀을 매듯 말이다. 그 심정으로.

동서지간에 콩 모종을 한다

이른 아침 집 앞 텃밭에서 작은형수가 콩 모종을 하고 있다. 강을 건너갔다 와서 서재에 들기 전, 지척에 기척이 있어 뒤를 돌아보았다. 큰형수가 집을 나와 혼자 콩 모종을 하는 작은형수에게 간다.

큰형수가 콩 모판을 들고 서서 작은형수 앞으로 모종을 세 개씩 나누어 툭툭 떨어뜨린다. 작은형수가 그것을 집어 호미로 땅을 파서 콩 모를 넣은 다음 흙을 꾹꾹 눌러 준다. 작은형수 손이 더 바쁘다.

아침 산그늘이 물러가기 전이다. 아침 먹기 전이다.

둘은 말이 없다.

큰형수 집에서 무슨 국을 끓이는지 맛있는 냄새가 여기까지 온다.

큰형수가 자기 집 부엌 쪽을 자꾸 바라본다.

마을은 평화로웠다

비가 온다. 우산을 폈다. 우산 위에 떨어지는 빗소리가 희미하다. 이슬비다. 하동 강변 희고 고운 모래가 생각났다.

강물이 조금 불었다. 다리의 중간쯤 물이 올라와 있다. 돌들이 물에 잠겼다. 눈에 익은 바위들은 물 위로 나와 있다. 자라 바위도 잠기지 않았다.

자라 바위는 평평하고 널찍한 바위다. 강 가운데에 있다. 어린아이 서넛은 올라가 앉을 수 있다. 여름에 소낙비 내리다가도 다시 해가 쨍하고 뜬 날이면 자라 바위 위에는 커다란 자라 여러 마리가 올라와 몸을 말리고 있었다.

아무리 큰물이 나가도 자라 바위는 수천 년을 아니, 수만 년을 저 자리에서 꿈쩍하지 않았을 것이다. 뿌리 깊은 바위다.

자라 바위로 올라온 자라들 등이 햇볕 속에 반짝반짝하였다. 우리가 돌을 던지지 않으면 등이 다 마를 때까지 목을 어깨 깊이 감추고 한가하게 앉아 있었다. 그러면 사람들 마음이 느긋해지고 마을은 한가롭고 평화로웠다. 어떨 때는 발가벗은 아이들이 그 바위 위에 엎드려 자라처럼 등을 말리기도 했다.

허망을 알다

아침놀이 붉다.

붉을 때

뛰어야 한다.

아침놀은 딴짓할 겨를을 주지 않는다.

내가 집으로 달려가 카메라 들고

다시 강으로 달려갔을 때는

이미 노을은 사위어

검은 구름으로 떠나갈 때다.

그 허망에서

그 허무에서

가져온 진실한 말을

써먹기 전에

놓친다.

사람들은 그 말을

사랑이라 한다.

충분히 아름다웠다

화단 꽃에 앉아 날개를 접었다 폈다 한다. 호랑나비다. 날개로 눈부신 햇살을 부치며 날아가는 흰나비와 노랑나비도 아름답다고 말하고 싶다. 나비들이 날개를 접을 때와 펼 때 일어나는 바람이 햇살을 실어 와 내 이마에 닿는 것 같다.

짝을 곁에 둔 나비들의 날갯짓은 우아하다.

메뚜기와 벌, 귀뚜라미와 잠자리와 거미, 딱새와 물새와 까마귀와 물까치와 참새들이 날아간다.

아내는 호숫가 찻집에서 책을 읽고 왔다. 만족스럽게 읽고 왔다고 하였다. 나는 에른스트 H. 곰브리치의 《서양미술사》를 다시 읽고 그의 책 《세계사》를 다시 읽었다. 곰브리치의 《서양미술사》는 서너 번 읽었는데 또 읽고 나서도 기회가 되면 또 읽을 것이다.

두 번째 읽고 있을 때 읽고 나서 또 한 번 읽어야지, 하는 책은 찰스 다윈의 《종의 기원》과 칼 세이건의 《코스모스》다. 과학책인데 문장들이 아름답다. 사람을 자꾸 끌고 간다. 이 두 분은 정말 인류를 사랑하는 사람이다. 사랑이 없으면 건조하고 지루하게 설명한다. 매력이 넘치는 멋진 사람들일 것이다. 글이 아름다워야 책이 읽힌다. 강변에 나가 사진 몇 장 찍었다.

아침에 널어 두었던 빨래를 해 질 무렵에 거두어 잘 개서 정리 정돈하였다. 고양이 보리랑도 다정하였다.

"그러나 이렇게 끊임없이 수정을 요하는 것이 과거를 공부하는 가슴 설레는 기쁨 중의 하나가 아닐까?" 《서양미술사》의 마지막 문장이다. 멋지다. '설레는 기쁨'이란 말이, 멋지다.

해가 지고 어둠이 밀려올 때 나는 딸을 마중 나갔다. 딸이 아내와 함께 오다 나를 보고 차를 멈추었다. 아내가 당신이 마중 나올 줄 알았지, 라고 한다.

팔월 열이틀 달이 구름 사이를 지나간다. 딸이 아빠 달 좀 봐, 했다. 그 말이 저 달이 내 달이라는 말로 들렸다.

내게 온 오늘 하루를 나는 이렇게 보냈다. 호주에 있는 아들 가족과 영상으로 내 생일을 축하하였다. 시언이가 촛불을 네 번 끄고 다섯 번 켜고 환호하며 축하 노래를 하였다. 시언이는 네 살 된 손주다.

셋이 달을 보러 강에 나갔다. 강을 건넜다. 달빛이 강물에 부서졌다. 오늘은 아름다운 이 마을에 내가 태어난 날.

충분히 아름다웠다.

© 김용택

수긍과 긍정

햇살도, 떠다니는 구름도, 푸른 하늘도 하루 종일 좋아 보였다. 강물을 스치고 지나가는 바람도, 풀잎들을 흔들며 쉬다 가는 바람도, 내 몸에 와 닿는 바람도 좋았다. 바람에 흔들리는 나뭇가지를 바라보며 나는 이런 생각을 할 때가 있다.

바람에 저렇게 나뭇가지가 흔들리는데 사랑 없이 어떻게 세상을 살아갈까.

수긍과 긍정은 내가 자연에서 얻은 든든한 말이다.

말이 아름다울 때가 있다. 힘일 때가 있다. 말이 세상을 멀리 끌어안을 때가 있다. 한마디 말이 확보하는 범위는 끝이 없이 번져나간다.

아내는 간을 보지 않고 음식을 하는데 간이 맞다. 이해할 수 없다. 점심 겸 저녁을 먹을 때 새로 담근 열무김치도 내가 간을 보았는데 간이 맞다. 나더러 간을 보라고 할 때가 있다. 내가 조금 거시기 하네, 하면 아내는 소금을 '거짓말'로 치라고 한다.

오늘 먹은 흰 쌀밥과 푸른 김치 맛은 기억해둘 만했다.

마을 한 바퀴

현관문을 나섰다.

비가 왔다.

우산을 폈다.

비가 잘 온다.

착하게 오는 비가 있다.

우산 위에 빗소리와 나뭇잎에 떨어지는 빗소리가 비슷하였다. 바람이 없다. 빗소리가 마을을 불안하게 하거나 위협적이지 않았다.

꾀꼬리가 나 아무 일 없다고 운다. 나 들으라고 운다. 편안하다.

집 앞에서 종길 아재를 만났다. 벌써 논에 다녀오신다. 고라니와 멧돼지를 막기 위해 논가에 둘러놓은 전선의 전기를 차단하고 오는 길이란다. 생각보다 비가 적게 왔네요, 내가 그랬더니 말보다 적게 왔고만, 하신다. 응답이 정확하다.

강가로 나갔다. 물이 불었다. 붉덩물이다. 많은 돌이 물에 잠겼다. 물이 많아 다리를 건너가지 않고 오늘은 마을을 한 바퀴만 돌기로 했다.

집으로 올 때 빗줄기가 굵어졌다. 바람이 분다. 옥수수 잎들이 이리저리 심하게 흔들린다. 날이 금세 어두워지고 새들이 조용하다. 새들의 갑작스러운 침묵 직전은 고요가 아니다.

빗줄기가 굵어진다.

바람이 잔다.

나무가 직립한다.

숲이 말을 뚝, 멈춘다.

곧 큰비가 온다고 한다.

비의 얼굴을 미리 보고 비설거지를 하다

앞산에 바람 불어 참나무의 잎이 하얗게 뒤집히면 어머니는 사흘 후 비가 온다 하였다.

그 옛날 사람들은 비가 온다는 예보를 바람을 통해서 알았다. 바람결에 숨은 온도와 습도, 구름이 흩어지고 모이는 속도와 색상, 새들의 울음과 나는 모양, 물소리의 고조, 풀잎들의 침묵을 느끼고 사람들은 비가 올 것이라는 것을 알았다.

그리하여 곧 비가 닥칠 아침이면 어머니는 '빗낯'이 든다며 장독을 덮고 일 나가고, 아버지는 물꼬를 단속하러 논으로 나가셨다. 그런 날에는 꼭 비가 왔다. 농부들은 비의 얼굴을 미리 보고 집안일과 논밭일을 정돈하였다. 사람들은 그것을 '비설거지'라 일컬었다.

새 벽

누가 나보다 일찍 지나갔나 보다.

거미줄이 얼굴에 걸리지 않는다.

나는 이 사람을 모른다

느닷없이 천둥이 우르릉 쿵쿵 울며 북쪽에 있는 비구름을 모으더니, 소낙비가 들이닥쳤다.

사람들이 놀라 후다닥 우리 집 처마 밑으로 뛰어 들어왔다.

처마 밑에 서서 낙수를 내려다본다.

뿌옇게 도망가는 빗줄기들을 바라본다.

내 옆 사람 얼굴을 바라보았다.

미미한 웃음이 희미하게 지나갔다.

어디서 왔어요?

지나가다 소낙비에 쫓겨 왔어요.

지금도 비에 쫓겨 오는 사람이 있네요.

선생님은 이 집에 사세요?

네.

전혀 모르는 사람이다.

두꺼비

비 그친 맑은 아침이다.

두꺼비를 보았다. 오랜만에 보았다. 두꺼비가 내 주먹보다 컸다. 엉금엉금 기어갔다. 네 개의 발을 따로 쓰면서 걷는다. 한참을 내려다보며 서 있다가 따라가며 물었다.

"야, 너 지금 어디 가냐?"

흰 마스크

물안개가 강에서 피어올랐다가 산으로 사라진다. 산에서는 꾀꼬리가 운다. 강가에 섰다. 물이 맑다. 신발을 벗어 물가에 두고 강을 건너갔다. 발목이 시리다. 비가 며칠째 오면 산에서 내려오는 물의 양이 많다. 강물이 차고 맑다.

물안개는 피었다가 산으로 간다. 피고 사라지는 속도가 빠르다.

마을을 바라보았다. 강을 건너 마을로 간다. 다리를 넘은 물이 무릎까지 닿는다. 발을 내디디기 전에 물살에 내 발이 물 흐르는 쪽으로 둥 떠밀린다.

강 건너가서 강 건너를 바라보았다. 안개가 산 위쪽을 가리고 있다.

흰 마스크 같다.

영국에 콜레라가 유행할 때 아이작 뉴턴이 근무하던 대학이 휴교에 들어갔다. 사람들은 그때의 상황을 '사상의 종말'이라고 했다.

뉴턴은 고향 마을로 돌아가 빛의 색깔 원리, 미적분의 이론, 우리가 말하는 만유인력인 중력의 법칙에 대한 증거를 발견했다고 한다.

그는 이렇게 말했다.

"나는 대상을 앞에 두고 끊임없이 관찰하면서, 새벽의 어둠이 조금씩 서서히 환한 빛으로 밝아오기까지 묵묵히 기다린다."

나는 그 묵묵한 시간을 '아침산책'이라고 부른다.

시인 김사인

어제는 김사인이 내 시집을 읽었다며, 긴 시간 동안 정다운 전화를 주었다. 사인이 내 시집을 읽고 전화를 한 것도 처음이지만 말을 그렇게 오래 한 것도 처음이다. 아니, 시에 대해서 그렇게 오래 말을 하는 사람도 사실은 처음이다. 누가 내 시를 칭찬하는 일도 생전 처음이라 놀라웠다. 나는 곧 긴장이 되어서 내가 하는 응답이 자꾸 엉켰다. 자꾸만 부끄러워졌다.

사인의 말은 곧이곧대로徑情直行(경정직행) 믿을 수 있다. 사인이 내 시를 놓고, 기름기 다 빼고 늦가을 강에 서 있는 나무들 같다고 했다. 몇 편의 시가 좋았다고 접어 둔 책의 페이지를 일러 주었다. 나는 십일월 강가에 서 있을 때가 좋다.

사인이 말들이 곧이곧대로 좋았다. 믿어도 되었다. 살다 보니, 남이 하는 말을 곧이곧대로 듣고 믿는 날도 있다. 깨끗한 물로 잘 빨아 좋은 햇살 좋은 바람에 말린 희디흰 빨래가 펄럭이는 것 같은 날이다.

아내는 이런 날 빨래를 걷어다 쌓아 놓으면 빨래 더미에 코 박고 빨래에서 햇볕과 바람의 냄새가 난다고 한다.

마을 사람들과 밥을 먹다

아침에 강 건너며 종길 아재를 만났다. 오늘 회관에서 밥을 먹는다고 했다.

회관 앞 정자에서 마을 사람들이 모두 모여 민어회와 돼지족발을 먹었다. 사람들의 얼굴을 자꾸 건너다보았다.

나하고 오래 같이 살아온 오래된 사람들이다. 나는 이들 곁에서 태어나 이들 곁에서 자라 이들 곁에서 산다. 일일이 다 말할 수 없는 고귀한 얼굴들이다. 가난하다고 잘못 산 것은 아니다. 배우지 않았다고 사람 사는 일을 모르는 것도 아니다. 인간에게서 나는 인간을 배운다. 책에서 한 공부는 이 마을에서 별로 쓸모가 없다. 고귀한 가난이 있다.

이들은 흙이다. 죽으면 흙이 잘 받아 줄 사람들이다. 흙으로 바람으로 햇살로 농사의 고단함으로 나이 들었다. 농부들의 모습에서 나는 늘 삶의 꾸밈없는 위엄을 본다. 밭에서 걸어오는 마을 사람을 보면 나도 몰래 몸을 깊이 숙여 인사한다.

사람의 일생은 누구와 견줄 수 없다.

여러 번 앞산을 바라보았다.

무엇이 슬프고 무엇이 기쁜가. 기쁠 때도 있고 슬플 때도 있다. 지금보다 더 좋은 일이 생길 수도 있고, 생각지도 않은 일로 괴로울 때도 있을 것이다.

그 누구도 예외가 없다. 다 거기서 거기다. 겪을 것 겪고 산다. 미리 잡을 수 없다. 미리 바꿀 수 없다. 느닷없고, 지나가고. 무엇이 또 온다. 알 수 없다. 다음을 모른다.

인생을 누가 이기겠는가.

사는 게 귀하고, 또 귀하다.

손길이 스칠 때

아내의 생일이어서 낮에 미역국을 끓여 먹었다. 아내는 오늘 자기 생일이기 때문에, 집에 있을 때 그냥 스치지 말고 최소한 세 번은 정식으로 안아 주어야 한다고 한다.

부엌에서 스칠 때 슬쩍 한 번 안아 주었다. 그러자 아내가 정식으로! 라고 말했다. 아내는 이제 두 번 남았다고 약속을 되살려 내게 강조했다. 해 지고 노을이 살아 있는 하늘 아래를 걸었다. 벼들이 파란 들길이다. 제법 다정하였다.

손길이 스치면 잡기도 하였다.

지구의 요구

오래전, 무더운 여름이면 마을 남자들은 강변에서 잠을 잤다.

어른들은 느티나무 아래서 이슬을 피해 자고, 젊은이들은 마을에서 조금 떨어진 강가 벼랑 바위 위에서 잤다. 그곳은 물소리가 크게 들리는 곳이다. 넓적한 바위가 방구들처럼 널리 깔려 있다. 곳곳이 잠자리였다. 따로 잠자리를 만들 필요가 없었다.

어린 우리는 어른들이 자는 느티나무에서 가까운 강변에서 잤다. 책같이 납작한 돌들을 주워다가 평평하게 구들을 놓았다. 가을 호박만 한 크기의 돌들로 둥그렇게 성을 쌓았다. 밤이면 우리들은 그 작고 아늑한 성 안에서 형제들끼리 잠을 잤다. 우리가 잠든 동안 밤하늘의 별들은 아이들에게 따듯한 온기를 내려 주었다.

어쩌다 잠이 깨어 다시 잠 못 드는 까만 밤, 별들은 밤이 두려운 어린 영혼들을 깜박깜박 따독따독 재워 주었다. 검은 산속에서 새가 울어도, 나를 데려갈 것 같은 물소리가 무섭게 들려도, 달이 서쪽 산으로 지고 있어도 별은 우리들을 지켜보고 있었다.

초저녁, 형제들끼리 잠자리 누운 동네 동무들은 이따금, 입을 모아 별을 하나하나 가리키며 큰소리로 별을 불렀다. '북. 두. 칠, 성, 이, 란, 다!' 우리들은 손뼉을 치며 별을 향해 크게 소리 질렀다. 우리들의 합성에 별들은 더 반짝였다.

일곱 개의 별과 별 사이에 알 수 없는 불안이 스칠 때, 지금도 나는 속으로 '북, 두, 칠, 성, 이, 란, 다!' 별 일곱 개를 센다. 손가락을 꼽아가며 별의 이름을 부른다. 어떻게 별을 세어도 내 손가락 세 개가 남았다.

내 과거였고, 현재이고 내 미래의 누구인, 일곱 개의 별. 일곱을 세면 다음을 시작해 준 별. 어머니는 북두칠성을 국 뜨는 국자별이라 했다. 일곱 개의 별 모양이 국자 모양을 하고 있다.

북두칠성은 수없이 많은 말을 내게 만들어 주었다. 북두칠성은 지구의 운동에 따라 다른 자리에서 다른 모양으로 나를 보고 있다.

그 누구나 '나의 별'을 가지고 있다.

강 건너 밤나무 숲의 일이다

보름 지나 한쪽이 살짝 무너진 달이 높이 떠 있다. 달이 노랗다. 마을 쪽 밤나무 숲 위로 떠 있다. 달이 강을 건너 강변을 지나왔을 텐데, 이슬은 잠 깨지 않았다. 꾀꼬리가 가까운 거리에서 운다. 울음소리가 너무도 또렷해 놀랐다. 꾀꼬리 우는 곳을 뒤돌아보았다. 나는 뒤돌아볼 때, 돌아본 뒤가 좋다. 그곳도 밤나무 숲이다. 꾀꼬리는 노란색의 끝판같이, 터질 듯 팽팽하다. 가만히 멈추고, 서서 바라보았다.

한 번 울고 몸을 왼쪽으로 한 발짝 움직이고 한 번 울고 몸을 오른쪽으로 한 발짝 움직인다. 제자리에서 발만 들었다 놓았다, 하는 것 같다.

푸른 밤나무 숲에서, 노랗게 말이다.

뒤돌아본 강 건너 일이다.

말이 사라져 버린
하얀 가슴도 있을 것이다

어젯밤에 소나기가 지나갔다. 잠결에도 시원하였다. 일어나 문단속하며 빗소리 속에 한참을 서 있었다. 곡식과 채소들, 타들어 가는 강변 풀과 산에 나무들이 시원한 빗줄기를 맞을 생각을 하니 휴, 하고 안도의 한숨이 나왔다. 마을 사람들이 잠결에 소낙비 소리를 듣고 일어나 창문을 열어 보고 자리에 누우며 좋아하였을 것이다.

땅이 식었다. 간밤에 언제 소나기가 왔느냐는 듯이 하늘이 맑고 높은, 우리나라 아침이다. 강변 풀잎들은 시원스러워 보였다. 풀밭이 환했다. 참깨꽃이 싱싱해졌다. 콩잎이 되살아났다. 앞산과 뒷산에 듬성듬성 떠도는 안개구름도 희고 고왔다.

동네 어른이 강가 돌 위에 있었다. 외롭게 앉아 있었다. 강가 돌 위에 앉아 잎이 세 개 달린 풀잎을 뜯어 만지작거리고 있다가 내가 다가가자 풀잎을 하나 따서 강물에 띄우고 손으로 물을 밀어 멀리 떠내려 보낸다. 풀잎이 급물살을 타고 빠르게 떠내려간다.

그 어른은 늘 저렇게 돌 위에 앉은 돌처럼 앉아 있다. 손목에 찬 흰 시계를 자꾸 들여다보고 있다. 뭐 하세요? 했더니, 고개를 들고 희미하게 웃고 만다.

강을 건너갔다 오다가 환용과 그 누이들을 만났다. 천담 이장 일섭하고 넷이 어디서 만나 마을 쪽으로 걸어오고 있다. 마을길에서 이렇게 젊은 사람들을 많이 만난 것도 오랜만이다. 다섯이 한참을 길가에 서서 한가히 놀았다. 자전거 타는 사람들이 지나갔다.

그 어른이 강에서 돌아와 회관 정자 마루에 고개를 푹 숙이고 강 쪽으로 걸터앉아 있다. 마을을 배회할 때도 저렇게 고개를 숙이고 걸어 다닌다.

작은 돌처럼, 곡식 한 포기처럼, 마른 풀포기처럼, 묶어 놓은 볏단처럼. 농사를 놓아 버린 농부의 외로움이 때로 내 가슴에 닿는다. 하루 종일 누구하고 한 마디도 하지 않을 때도 있을 것이다. 저 침묵 깊숙이 무엇이 있을까. 동무들이 떠나고 말들은 사라지고 농사일도 없는 가슴이 텅 비었을 생각을 하면 그 어른과는 상관없는, 내 서러움도 복받쳐 온다. 우리는 우리가 사는 세상에서 마을을 잃어버린 것이다.

오랫동안의 침묵으로, 말이 사라진 하얀 가슴을 가진 사람이 이 세상에는 있다. 깊은 슬픔의 강이 가슴속을 흐르는 사람들이 있다. 그 물소리는 얼마나 시릴까. 내가 자는 방에도 이따금 강물이 발등을 적신다.

새들이 앉으면 안 되는 나뭇가지

하루의 마음을 가다듬었다고 생각한 저녁때
강가에 서 있는 나무 곁으로 가서 가만히 서 보았다.
마음 어딘가가 무겁다.
내 몸에 아직 현실이 아닌 것이 있다.
그것을
나만 안다.

올해 태어난 새 몸짓으로 날다

오늘도 안개 속이다. 우리 집 마당에도 안개가 자욱하다. 마당에 있는 감나무가 희미하게 보일 정도다. 천천히 걸었다.

안개비가 온다. 파랑새는 마을을 떠났나 보다. 울음소리가 사라진 지 일주일이 넘었다. 호반새도 울음이 뜸하더니, 어제부터는 소리가 들리지 않는다. 앞산 높은 곳에 샛노란 몸이 드러났다가 금방 숲속으로 사라져 버린다. 꾀꼬리다. 어제 본 꾀꼬리는 올해 태어나 자란 꾀꼬리였는지 앳된 울음에 색이 연두에 가까운 노란색이었다. 그렇게 또렷한 연노랑은 처음이다. 올해 새로 태어난 몸이다. 한쪽이 덜 익은 푸른 귤 하나가 날아가는 것 같았다.

어느 날 문득 꾀꼬리가 보이지 않네, 할 것이다.

감의 붉은 얼굴이 나타날 때다.

나의 그곳이 이곳이 된다

그때는 그러했어야 했는데, 할 때가 있다.

생각해 보면 또, 그때는 다 그러했고, 그것이 곧 나였다. 잘못이 많았다. 하지만 잘못을 깨달을 때는 이미 지나간 뒤여서, 나를 괴롭히다 만다.

그 일이 아니었으면 오늘 '이곳'은 어디였을까. 오늘 이곳에서의 나의 일은 무엇이었을까.

멧새들이 몇 마리씩 모여 난다. 길가에 앉아 풀씨를 쪼고 있다. 나와 거리를 두고 저만치 앉아 있다가 내가 걸어가면 또 그만큼 날아가 저만치 앉는다.

멧새들은 풀숲 사이나 나뭇가지 사이에 앉아 있다. 몸을 온전히 드러내지 않는다. 강을 건너 멀리 날아가기도 하고, 산위로 날아오르기도 한다. 강을 건너갈 때나 높은 산을 향해 높이 올라 날아갈 때, 나는 슬픔이, 마치 날개를 달고 날아가는 것으로 보일 때가 있다. 그들은 날 때 울지 않는다.

산이 시작되는 곳에서 다른 새소리가 들렸다. 새소리는 가늘고 맑고 짧고 깨끗하였다. 세상의 때가 묻기 전에 사라지게 하는 단음이다.

멈추어 서서 그곳을 바라보았다. 나의 '그곳'에서는 언제나 중요한 일이 있다. 아주 작은 새다. 흰 몸에 날개가 짙은 회색이다. 박새 같은데 작고 몸이 날씬하다. 새들은 이 가지에서 저 가지로 저 가지에서 저쪽 바위 이끼로, 지금은 나무뿌리 틈에서 무엇인가를 쪼고 있다. 모두 세 마리다. 새들이 어찌나 작은지, 잘 보이지도 않는다, 작은 이슬방울들이 반짝반짝 깨지는 것처럼 실가지 사이를 날아다닌다. 날 때마다 조그만 날개깃으로 햇살을 때린다.

그곳이 이곳의 나를 새로운 시간으로 새로운 공간으로 연결한다.

물결에서 바람으로, 꾀꼬리에서 참새로. 그리고 나에게로. 파문으로 파동을 일으켜 피안에 닿는다.

알 수는 없지만, 그곳이 마침내 이곳이 될 것이다.

그해 가을

무심한 사랑은 거짓이 없고

한 페이지

구월의 어느 날 아침 강바람은
내 생의 한 페이지를 넘겨주며
가을이 온다는 기별을 전했다.
가을의 맑은 물을 들여다볼 시간을 갖겠습니다.
풀잎 끝으로 올라와 곧 서리가 될 저녁 이슬도 사랑하겠습니다.
내 시의 한 페이지 위를 자유로이 걸어 다니겠습니다.
돌부리가 없으면 다행이겠습니다.
조심스러운 걸음으로 새삼스러운 걸음으로,
세상을 걷겠습니다.

들기름

감의 얼굴이 나타났다.

강물이 많아 오늘도 강을 건너지 못했다. 물가에 앉아 있었다. 강가보다 물가가 좋다. 물이 넘은 다리 위 얕은 곳에 피라미들이 나와 논다. 작아서 잘 보이지 않는다. 떼를 이룬 피라미들이 움직이면 미미한 파문이 인다.

파문이 물색이어서 자세히 보이지 않는다.

옛날에는 저렇게 피라미들이 떼로 노는 물속에 발을 담그면, 피라미들이 발등으로 몰려와서는 발을 콕콕 쪼아 간질이며 놀았다.

물에 손 넣으면 자그마한 몸들이 손가락 사이를 스치며 지나갔다. 잠깐, 느낌이 신비로웠다. 내가 손을 움직이면 재빨리 도망칠 때 반짝반짝 몸을 뒤집어 은빛 흰 배를 보여주었다. 물살을 일으키면서 떼로 갔다가 그대로 돌아오고 갔다 또 몰려왔다. 즐거운 놀이였다.

강 건너 물을 한 번 바라보고 집으로 왔다. 오는 길에 큰집 형수하고 균택 어머니가 균택네 고추밭 가에서 이야기하는데,

그 모습이 심상찮아 보였다. 무슨 중요한 일이 있는 것 같았다. 가만가만 걸어 그이들 곁을 천천히 지나쳤다. 얼른 이야기를 엿들었다. 들기름을 어떻게 짜느냐를 놓고 그리도 심각한 얼굴과 손짓 몸짓을 하고 있었다. 그러나 사실은 이런 게 중요한 일이다.

감의 얼굴이 나타나면 꾀꼬리들이 마을의 하늘을 휘젓고 다닌다. 멀리 날아가려면 나는 연습을 충분히 해 두어야 한다. 꾀꼬리 세 마리가 까마귀를 쫓고 있다.

까마귀가 울며 멀리 도망간다.

건너며 생각하였다

그것은 고난이다.

긴장을 놓치는 순간 힘이 빠지고 시선은 놓친다.

서두르고, 쫓기고, 과장하고, 자기 수긍을 잃는다.

지나간 날에 기대려는 버릇과 타성에 기댄다.

깜박 놓친다. 치열熾熱은 지순至順을 이기지 못한다.

성찰은 춥고 배고프다.

자기가 가는 길에 놀라서, 서야 한다. 머물지 않은 성찰은 없다.

뼈아픈 후회, 참담해야 한다.

걷다 보면 가벼워질 때가 있다.

의식을 잃은 발걸음이 있다.

그 기쁨이 있다.

거기서부터 걸어간다.

기약을 버리고

살결에 닿는 아침 공기가 달라졌다.

풀벌레 우는 소리도 밤에 더 요란해졌다. 섬돌 아래 귀뚜라미는 또렷하게 울며 자기 리듬을 찾는다. 연주가 시작되었다. 강길에서 종길 아재를 만났다. 내가 바람이 달라졌지요? 했더니 가을인 개벼. 벼도 팬당께, 하신다. 가을 강변에는 어느새 풀꽃이 피어나기 시작한다. 아침 햇볕도 어느새 달라져 있다. 쇠락이란 말이 생각났다. 놀랍다. 나뭇잎 색깔들이 달라졌다. 멈추었다. 다 자랐다. 다 컸다. 퇴색이란 단어가 떠올랐다.

며칠 전부터 파랑새 울음소리가 들리지 않는다. 잊고 지냈다. 호반새 울음소리도 뜸해졌다. 새벽녘 안개 속에서 짧게 두어 번 우는 시늉만 하다 만다. 모든 것은 돌아가고 또 돌아온다. 그런가 보다 하며 잊고 지내고, 돌아오면 그게 또 반갑고 다시 떠나가도 그런가 보다 하며 잊고 지내고. 그런 게 일상이 된다.

강 같은 나의 세월이 그렇게 흐른다. 흘러간다. 흘러갔다.

미련을 둘 것도, 아쉬운 것도, 다시 꺼내 생각할 것도, 없다.

이렇게 하루를 안고, 삶을 안고, 또 버리고 걷는다. 내가 어떻게 할 수 없는 것들이 더 아름답다. 냉정은 자연의 일이다. 자연은 초라함이 없다. 다 하였음으로 끝난다. 나는 자연의 미세한 작용에는 참여할 수 없으나 그 속을 걸어갈 수는 있다.

새들은 집도 버리고 돌아볼 일을 잘 마무리하고서 떠나간다. 뒤끝 없는 안녕이다. 기약은 버린다.

나의 글

나는 내가 한 일만 글로 쓰려고 노력한다.

생각이란 건 많이 빗나간다. 시인이 쉬이 아는 감정이 약점이 되기도 한다. 자기 결정을 너무 오랜 시간 동안 믿어 의심하지 않을 때도 있다. 나는 방정식을 풀 줄도 모르지만, 철학보다는 수학을 더 믿는다. '수학은 더러운 판단이 없다.' 철학은 현실을 외면하고 비겁하게 숨을 수가 있는 공간이 많지만, 수학은 절대로 기댈 수가 없다.

내가 강을 건너가서 원추리꽃과 개망초꽃을 보고 집으로 돌아오는 것은 목적이 아니다. 나는 목적을 가진 일을 그리 많이 해 보지 않았다. 하루가 지나가는 과정 속 수많은 것을 내 것으로 얻는다. 새소리처럼 부풀리지 말라. 새가 앉은 풀은 꺾이지 않는다. 풀잎이 어디서 꺾이는지, 그 어디쯤 내 무게로 휘어지는 긴장의 마지막 지점을 새들은 알고 있다. 꺾이기 직전에 난다.

직전의 아름다운 긴장을 그들은 안다.

아름다운 서정시

마을을 걸어 나간다, 이 한 문장은 마을을 걸어 나가면서 만들어진다. 강을 건넌다. 강을 건너는 일은 마을을 뒤에 두는 일이다. 강을 건너는 일은 수많은 마을 이야기 속을 지나가는 일이다.

강을 건너 우리 밭가로 올라가 보았다. 강길에서 밭에 다다를 때까지 몇 걸음 안 되는 짧은 이 길은 우리 가족이 좋아하는 길이다. 밭가에 다다르면 거기 어머니와 아버지의 모습이 있다. 보리를 갈던 형제들이 있다.

밭을 바라보았다. 밭에 흩어져 있는 자갈들, 어머니의 호미 끝과 아버지의 괭이 끝에 걸려 뒹굴던 자갈 소리가 강을 건너 왔었다.

자갈이 많은 밭에서 일을 하며 어머니는 자갈이 오줌 싼다고 했다. 생각해 보면 돌의 오줌이 아니라 수분이었다. 흙 위에 얹혀 있는 돌들을 뒤집어 보면 땅에 닿는 부분이 습기로 젖어 있었다. 돌 아래 묻은 수분으로 목마른 곡식들은 입술을 적셨을 것이다.

농사에서 나온 말은, 시적이지만 현실에서는 자연 과학이다.

이 밭은, 아직도 강 건너 앞산에 유일하게 곡식을 키우는 밭으로 남아 있다.

그 밭은 내게 아름다운 서정시다.

국그릇을 들고
마을길 걸어가신다

흐린 아침이다. 마을이 잠잠하다.

강에 가기 전에 재섭 아버지를 만났다.

"일찍 나오셨네요."

"강물이 많이 줄었네."

마을 어른들은 말을 찾아내느라 애쓴 흔적이 느껴지지 않는다. 골라낸 말이 없다. 재섭 아버지는 말이 없는 분이다. 느리게 걷는다. 얼굴이 평온하다. 걸음도 그렇다. 천천히 걷는 것을 보면, 무엇인가 '견딘 걸음'이다. 약간 고개를 숙이고 두어 발 앞 땅을 보며 걷는 모습은 꾸미지 않은 속도의 권위가 있다.

어디 가세요? 하는 간단한 질문도 즉답이 없다. 잘못하면 면전이 아니라 내 뒤에서 "밭에 좀 가" 하는 답을 듣게 된다. 이 또한 골라낸 말이 아니라 '견딘 말'이다. 침묵이 온몸이다.

'견디다'라는 말을 생각하며 걸었다. 큰 느티나무 앞에 원앙들이 큰 물결을 일으키며 놀고 있다. 며칠간 보이지 않더니, 한 쌍을 더 데리고 왔다. 원앙 암컷은 물색이어서 잘 보이지 않는다. 수컷은 화려해서 눈에 얼른 뜨인다. 암컷들은 얌전하고, 수컷들은 쫓고 쫓는 놀이를 즐긴다.

으스대는 것 같은 몸짓의 행동반경이 넓고 거칠다. 날개로 물을 때리며 물 위를 이리저리 빙빙 돌고 또 내달아 가는 모습은 자신감이 넘친다. 강물 넘친다. 그들의 놀이를 가만히 보고 있었다. 수컷 한 마리가 나를 의식했는지 큰 소리로 운다. 원앙의 울음은 단음이다. 산 사이를 울린다.

마을길로 들어서는데, 점순 어머니가 양손으로 무엇인가를 들고 천천히 마을 위쪽으로 간다. 냄비다. 냄비에 무슨 음식을 해서 들고 종길 아재 집으로 가나 보다. 혼자 사는 종길 아재를 챙긴다. 국 냄비를 들고 이웃을 찾아가는 종종걸음은 정성스럽고 공손해 보인다. 종길 아재 집으로 들어가실 때까지 보았다.

국그릇을 받으며 종길 아재와 점순 어머니가 주고받을 말을 나는 안 들어도 안다.

꿈

꿈에 어머니를 보았다. 친구들하고 놀러 가셨다. 아버지도 보았다. 꿈에라도 반가웠다. 어머니 어디 가셔요. 아버지는 짓다가 만 집에서 뵙곤 했다. 서까래, 벽 흙, 지붕이 허물어져 있었다. 요즘은 그런 꿈은 꾸지 않는다.

아버지가 무슨 말씀을 하셨다. 알아듣지 못했다. 지금의 나에게 아버지는 얼마나 많은 말을 하고 싶으실까.

잠에서 깨어 오랫동안 뒤척였다. 많은 생각들이 걱정으로 다시 안심으로, 내 삶 구석구석을 돌아다녔다.

나는 어머니 아버지가 지으신 집에 산다. 이 집 지을 때, 신중하고 골똘했던 마을 사람들의 얼굴과 몸짓을 나는 기억하고 있다.

내가 먹줄 한쪽 끝을 잡고 있으면 목수가 잘 잡아야 한다며 먹줄을 튕겼다. 다듬어진 하얀 기둥 나무에 가맣게 직선이 생겼다. 지금도 그 먹줄 자국은 기둥과 주춧돌에 남아 있다. 마을 사람들이 모여들어 목수의 지휘 아래 하얀 기둥을 반듯하게 세우던 그 마당을 나는 돌아다닌다. 마당 구석에는 감나무

한 그루를 심었다. 아버지는 새로 심은 감나무에 대해서도 하시고 싶은 말씀이 있을 것이다.

감나무에 참새들이 날아와 감잎같이 앉아 지저귄다.

아무것도 모르면서

그런 쓸쓸한 표정을 짓지 말아요.

파도가 놀라요. 모래들도 다 알거든요.

삶은 주름 같은 것이랍니다.

다치면 아물고 아문 곳이 또 아프고 덧나다가 그러면서 아물지요. 아문 흉터들은 나 몰라라 빤질빤질 빛나고요.

그런데 가만 들여다보면, 바다도 주름이 있어요.

아, 그러네요.

주름이 있어야 그곳으로 그늘이 오고 그늘이 와야 생각이 모여 저 파고를 넘지요.

파고는 파고를 타고 넘어가네요.

넘어가요.

마음을 펴요.

달려요.

바다 위를 달려요.

바다 끝에 가면 하늘은 또 얼마나 멀까요.

달려오세요. 아이들이 모래 속에 발을 묻고 있잖아요.

쓸쓸한 표정을 거두어요.

삶이 그런 거라는 것을 알면서도 사람들은 또 그러지요.

넘어진 바다가 파도를 일으키고 바람에 날린 모래들이 또 다른 곳에 가서 쌓이고.

그리고 넘어오는 파도를 우리는 만나고 쌓인 모래를 또 만나지요, 잘 알지도 못하면서.

그러면서 또 바람은 지나가고 산은 돌아앉지요.

그러나 사람들은 잘 알면서도 슬퍼하고 한숨 쉬고 울어요.

앉아요.

손을 내밀어 바람을 만져 봐요.

모래를 쥐어 흘려 봐요.

손이 아름다워요.

손이 마음이니까요.

멀리 먼 곳을 가리켜 봐요. 그곳이 내게로 와요.

일어서서 파도가 오는 곳으로 가요.

맞이하세요.

알았다고 말하세요.

알고 있다고 말하세요.

우리 집 하늘에는 오늘 밤 달이 지나갔답니다.

달이요, 아무것도 모르는 둥근 달.

아무것도 모르고 또 나는 달이 지나는 하늘 아래

집에서 잠을 자고 있었습니다.

수면과 수심이 같다

아침이 차분하다. 바람 한 점 없다. 이슬을 달고 있는 풀잎들이 아침 해를 기다린다. 마당의 디딤돌과 디딤돌 사이 솟아난 잔디 끝 이슬방울이 엄지발가락에 차인다. 차다. 공기는 선선하고, 섬돌 밑 귀뚜라미는 밤새워 운 목을 찬 이슬로 적신다.

강으로 갔다. 수면도 말이 없다. 수심을 달랬나 보다. 흘러오다가 아침을 만나 눈을 뜬 물소리도 소리를 죽이며 돌을 돌아 흐른다. 앞산을 바라보며 걸었다. 씩씩하지도 건방지지도 교만하지도 으스대지도 않았다. 저절로 그렇게 되었다. 아무런 파동이 없다.

하루가 시작되기 직전이다. 조용하다.

슬픔

걷다가 고개를 숙여 발을 내려다보았다.

걷는 내 발이 슬프다.

시는 슬픔에 기댄다.

시의 결

시는 뒤틀린 것들을 바로 펴 주는 일이다. 인간 활동을 근원으로 데려가는 일이다. 새들이 날고 바람이 불고 눈이 오는 일처럼 두려움을 버리는 일을 돕는다. 삼엄한 경계와 성난 공격의 자세를 해제하며 평화와 해방을 돕는다. 이불 밖으로 나온 시린 발들을 감싸 주는 일, 그것이 시다. 모로 누워 웅크리고 잠든 사람들을 편히 잠들게 한다. 고통, 슬픔, 외로움, 가난, 전쟁, 재난, 절망. 배고픈 아이들과 버림받은 어른들까지.

세상은, 괴로움의 천지다.

시는 가난하여서 그들 곁으로 말없이 걸어갈 수 있다.

작은 마을 생각

현관문을 나서자 샘가의 돌 밑에서 귀뚜라미가 운다. 음이 맑다. 청아하다. 내가 아침에 쓰는 글 안에는 '가만가만', '천천히', '조용조용'이라는 말이 많이 쓰인다. 귀뚜라미 울음소리 곁으로 걸어가 그 곁에 조용히 서 있다가 가만히 앉았다.

너는 모두 용서했구나, 잘 들었다.

강으로 나갔다.

서늘한 바람이다. 반바지 반소매 밖으로 나온 살에 닭살이 돋아난다. 몸이 자유롭다.

오늘 아침에는 날파리도 안 보인다. 호반새는 며칠째 울지 않는다. 동남아 어느 마을로 날아간 것이 분명하다.

요즈음 꾀꼬리는 낮에 운다. 새끼들에게 날아다니는 공부를 시키는 중이다. 뒷산 푸른 하늘 높이 솟아올랐다가 밤나무 숲 사이를 스텔스 전투기처럼 자유자재로 날아다닌다.

다리를 건너간다. 바람이 선선하다. 가만히 서 있었다. 강바람이다. 강물을 스쳐 온 바람이라 닭살이 더 돋았다. 손으로 쓸어 보았다. 오돌토돌하다.

산 밑으로 바짝 서서 숨을 몰아쉬었다. 상쾌하다. 숨을 들이마셨다. 속이 서늘하다. 놀랐다.

오늘 아침에 내 몸은 가을 속에 있구나.

어떤 새도 울지 않았다. 이 계절에 나는 작은 강마을에 살고, 그러니 나는 이 작은 마을을 생각한다.

아버지들이 소죽을 끓일 때다

시월이 다가오는 아침 여섯 시면 어둡다.

어둠을 차며 강을 건너가 보았다.

이장네 닭이 운다.

저 닭 울음소리는 이따금 나의 현실을 지우고

초가지붕으로 꽉 차 있는 옛 마을로 데려간다.

지금 시간이면 아버지들이 소죽을 끓일 때다.

모든 집 굴뚝마다 연기가

하늘로 올라가 산 위로 풀어질 때다.

나무 타는 흰 연기가, 나무 몸통 모양으로

올라가던 하얀 연기가 나뭇가지처럼 하늘로 풀어졌다.

가만히 예쁜 아침

아침에는 모두 예뻤다. 귀뚜라미 울음소리, 지렁이 울음소리, 뒷산 밤나무 숲에서 우는 쑥국새 울음소리, 강물 소리, 내 발소리까지. 내 몸이 이 세상에 없는 것처럼 거슬리는 것이 아무것도 없다. 바람도 없다.

자연은 정상적이지 않은 때가 없다.

자연의 말은 늘 적중한다.

해가 뜨고 바람이 분다. 낙엽이 지고 달이 뜬다. 벼가 익어간다. 물소리가 들린다. 나비가 난다. 구름이 지나간다. 새가 운다. 감이 익는다.

어제는 올해 처음 햇밤을 보았다.

누가, 양파 주머니에 햇밤을 담아 들고 회관으로 가는 것을 보았다. 그러고 보니, 누구 어머니가 누구네 뒷산 밤나무 밑에서 나무 막대기로 밤나무 밑 풀을 헤치고 있는 것을 보았다.

벌써 밤이 익어 빠지다니. 밤이 익어 밤송이가 벌어져 알밤이 우주의 중력으로 툭툭 떨어진 것이다. 양파 주머니 속 알밤이 예뻤다.

강을 건너갔다가 오는 길, 작은 강아지풀들이 길가에 가만히 서서 예뻤다.

여물어 가는 씨가 보인다.

고개를 들어 하늘을 올려다보았다.

하늘은 높고, 예쁘다.

누군가 보고 있다

이른 아침이다.

글을 쓰다 창밖을 내다보았다.

텃밭에 작은 고양이 한 마리가 노란 잔디 위에 앉아서

불 켜진 내 방을 가만히 바라보고 있다.

유심이 내 방을 들여다보고 있다.

정말 유심히 들여다본다.

가만히 말이다.

나 몰래 말이다.

쓰던 시를 나는 다시 들여다보았다.

도둑 풀씨를 집으로 데려오다

아침 먹고 강에 나가 강변을 돌아다녔다. 집에 와서 방바닥에 앉는데, 바지에 풀씨들이 묻어 있다. 풀 중에서도 어른들이 '깜밥살이'라고 하는 도둑 잡는 풀씨다. 이 풀씨는 옷에 잘 달라붙는다. 그래서 도둑을 잡는다고 도둑 풀이다.

누가 누구네 밭에 가서 감을 땄는데 자기가 안 땄다고 우기다가, 그 집 감나무 밑에 자란 도둑 풀씨가 붙어 있으면 꼼짝없이 실토하게 된다.

도둑을 잡는 이 풀은 자기 씨를 털 있는 짐승이나, 새나, 사람의 옷에 붙여 널리 퍼뜨린다.

옷에 달라붙어 있는 씨를 하나하나 떼었다. 마당에 버리면 이듬해 걱정거리가 되기 때문에 종량제 쓰레기봉투에 버렸다. 운이 좋으면 아주 멀고 먼 곳에 종자를 퍼뜨릴 것이다.

논이나 강변에 사는 풀은 철새인 오리들의 흙 묻은 발에 달라붙어 멀고 먼 나라로 종자를 퍼뜨린단다.

어린 밤송이를
겨드랑이 밑에 넣고 모를 내다

강 건너갔다.

길가에 밤송이가 떨어져 있다. 밤송이에서 두서너 뼘 떨어진 곳에 알밤 두 개가 이슬에 젖어 있다. 밤송이가 떨어질 때 튕겨 나온 알밤이다. 주워 이슬을 옷에 문지르고 까먹었다. 떫다.

밤송이를 겨드랑이 아래 넣어도 아프지 않으면, 그때까지는 모를 심어도 쌀밥을 먹을 수 있다고 했다. 대추를 따 콧구멍에 넣어 쏙 들어가면 그때도 모를 심어 쌀밥을 먹을 수 있다고 했다.

하지 전 닷새, 후 닷새에 모를 심으면 쌀밥을 먹는다고 했다. 가뭄 앞에 농부들의 애타는 마음이 담긴 말들이다.

(하지만, 남다르게 콧구멍이 큰 사람도 있다.)

청개구리 집

안개다. 들깨는 베어진 뒤 누워서 마르고 털려 알갱이로 또 며칠간 말려 자루에 담겨 방으로 들어갔다.

벼는 털려 논에서 바로 도정 공장으로 직행하여 금방 쌀로 돌아온다. 벼 잎은 트랙터에 잘려 논바닥 여기저기 아무렇게나 쌓여 있다.

콩도 밭을 떠났다.

단 한 번 맞은 서리로 호박잎은 시들어 버렸다. 서리 맞고도 싱싱한 것은 무와 배추와 쪽파다.

땅에 떨어진 대추는 시들어 말라 쪼그라들고, 풀잎들은 가을바람과 햇살의 말을 곧이곧대로 알아듣고 씨를 털어 낸다.

나는 강을 건너갔다가 다시 돌아왔다. 손발이 조금 시리다. 한로寒露 아침 손발을 배 안으로 감추던 청개구리들은, 겨울을 지낼 집이 필요할 텐데 어디에다가 겨울 거처를 장만할까.

어떻게 내 마음을
내가 다스릴 수 있을까

마을 끝 양식이네 집 앞으로 걸어갔다. 양식이는 마당 잔디를 깎아 놓았다. 마당가에 코스모스가 피었다.

큰길로 나갔다. 한가하게 걸었다. 사람들이 마음을 다스린다고 한다. 나는 아직도 마음을 다스릴 줄 모른다. 그것은 기술이 아니다. 나는 기술에 서툴다. 나는 때로 감정이 요동치는 문과 학생이다. 이성은 때로 나와 상관없는 고급스러운 말이다.

다리를 건너갔다. 강물 위로 나온 돌 위에 원앙 한 마리가 앉아 있다. 보면서 다리를 건너갔다.

억새들이 하얗다. 고마리, 며느리밑씻개, 물봉선, 쑥부쟁이, 구절초 꽃이 피어 한창이다.

집에 왔다. 방에 들어 창문을 다 열었다. 뜰에서 귀뚜라미 한 마리가 운다. 울다가 쉬고 울다가 쉰다. 그 간격이 나는 좋다.

글을 쓰다가 창가에 서서 귀뚜라미 울음을 듣는다. 고양이 보리가 창틀에 앉아 귀뚜라미가 우는 곳을 바라보고 앉아 있다. 내가 귀뚜라미의 울음소리를 듣고 있는데 고양이라고 듣지 못할까. 꼬리를 살살 흔들어 귀뚜라미 울음소리에 박자를 맞춘다. 봄에는 개구리 우는 곳을 바라보던 그 창가다.

어떻게 내 마음을 내가 다스릴 수 있을까.

이따금 저렇게 섬돌 밑에서 우는 귀뚜라미 울음소리에 나는 나를 전부 빼앗기곤 한다.

야! 귀뚜라미야, 너는 음을 고를 줄을 아는구나.

그래서 그랬습니다

아직 적당한 말을 찾지 못하였습니다.

저기 저 풀잎들 사이에 숨어 나타나지 않은

수많은 말들을 다 전하고 싶어서요.

나비가 실어 오지 못한 말들이 있습니다.

바람이며 아침이며 해가 질 무렵이며 작은 새들이며

그리고 당신이기도 한

저 일련의 햇살을 나는 어찌하지 못하였습니다.

감당은 쉬운 말입니다.

그러나 내가 감당할 수 있는 말은

단 몇 마디입니다.

우리 사이에 달이 떠 있고, 구름이 지나가고, 비가 지났을 것입니다.

당신은 어딘가로 걸어갔겠지요.

나는 압니다.

무어라 말할 수 없는 말들을

나는 다 드릴 수 있습니다.

내가 전하고 싶은

모든 가을을

그리고

그래서

떠가는 구름과 같이

나는 그랬습니다.

고양이 똥을 감나무 아래 묻다

현관을 나서니, 뒤안 고욤나무에서 이슬 떨어지는 소리가 후두두 들린다. 안개 속을 걸었다. 머리칼을 만졌더니 손이 젖는다. 내 머리에도 이슬이 맺혔다. 풀잎에 이슬방울이 모여 풀잎이 휘어졌다.

강물이 많이 줄어들었다. 물속에 잠겨 있던 돌들이 드러났다. 느티나무 아래로 들어섰다. 나뭇잎에 모인 이슬방울 떨어지는 소리가 선명하다.

느티나무가 노랗게 단풍 들었다. 이슬을 맞은 잎들이 이슬보다 늦게 땅에 도착한다.

집에 와서 길고양이들이 마당에 싸 놓은 똥을 치웠다. 아침마다 내가 하는 일이다. 고양이 똥을 마당가 감나무 밑에 묻는다. 감나무를 올려다보았다.

감이 굵어졌다.

감나무가 알아듣도록, 이건 다 고양이 똥 덕이다, 고 했다.

어제는 나도 마을의 가을이었다

달이 구름 속에 희미하게 떠 있다.

마당가에 있는 감을 따 먹었다. 희수도 불러 두 개 주고, 나도 두 개 먹고, 아내도 두 개 먹었다. 판조 형님에게 말랑한 홍시를 두 개 따다 드렸다.

감을 두 쪽으로 쪼개 먹었다. 아주 달았다. 맛있다. 감 한쪽 얼굴이 검게 칠해진 먹감이다. 감 중에서 서리 맞은 토종 먹감이 제일이다.

감을 먹고 아내와 둘이 사람들이 가지 않는 곳으로 밤을 주우러 갔다. 많이는 안 줍고 우리 둘이 삶아 먹고 까먹고 찰밥해 먹을 만큼만 주워 왔다.

회관 마당에서 희수, 희영, 형수, 점순 어머니가 콩 타작을 하고 있다.

현수 어머니와 종길 아재는 정자 마루에 앉아 놀고 있었다. 알밤이 저쪽 선범이네 가는 길가에 많다고 했다. 사람들이 다 안다고 했다. 더 주워 오지, 왜 그렇게 적게 주워 왔냐고 했다. 아내가 다람쥐나 다른 짐승들 먹게 두고 왔다고 했다. 사람들이 입을 모아, "하이고! 속도 깊네, 참!"하며 웃었다. 크게 웃었다.

손님들이 사다 두고 간 케이크랑 빵을 회관 마당으로 가져가서 먹었다. 아내와 나는 시멘트 바닥에 앉아 밤을 깠다. 찰밥을 할 생각이다.

가을이다. 회관 마당은 늘 계절의 현실을 알리는 현장이다. 고추, 참깨, 들깨, 콩, 팥, 벼, 토란잎, 알밤 삶은 것, 호박 쪼가리들이 널려 있고 사람들이 허리 숙이고 곡식들을 다듬고 추리고 검불을 날리다 해 지면 쭈그려 앉아 곡식을 담는다.

나는 회관 마당을 지나다니며 사람들하고 실없는 농담도 하고, 일을 할 때 덕석 한쪽을 잡아 거들기도 한다. 나는 곡식과 보내는 나이 든 농부들의 일상과 해와 달과 바람과 비와 구름을 존중하는 말을 아끼지 않는다.

오늘은 나도 마을 위를 지나가는 유용한 구름 한 조각이었다.

그 순간을 나도 본 적 있다

콩잎은 시들고 큰집의 팥은 베어져 누워 지낸다. 벼들은 논을 떠난다. 느티나무 잎은 물들어 간다. 자연의 변화는 쉬지 않고 변화에 동참한다. 홀로 떨어질 수 없다. 풀잎 하나 물들이는 일도 빠뜨리지 않고 대추 열매 한 알 익히는 일도 일일이 다 챙긴다.

강 건너 길가에 키가 작은 미국쑥부쟁이 꽃잎에 이슬이 맺혀 있다. 이슬이 떨어지고 풀잎 모양이 제자리를 찾아가는 그 순간을 본 적이 있다.

첫서리

물든 콩잎과 잔디와 강가의 검은 바위에도 서리가 하얗게 내렸다. 서리 낀 아침 강에는 물안개가 피어오른다.

억새가 희고 곱다. 강을 건넜다. 강바람이 차다. 얼굴도 손도 발도 코도 시리다. 씩씩하게 걸었다.

내 입에서 나온 따듯한 숨결이
찬 공기를 만나 흰 입김이 된다.

나는 미안하지 않다

호주머니에 손을 넣고 강으로 나간다.

만조 형네 집에서 하얀 김이 난다. 작은형수, 큰형수 동서 간에 메주를 쑤며 장과 된장 담글 준비를 하고 있다. 콩으로 메주를 쑤면 가을일이 다 끝나 간다는 말이다.

마을회관을 지났다. 회관 마당에는 이제 마지막으로 수확 중인 검정콩 콩대가 누워 있다. 이 콩이 서리태다. 겉은 검고 속은 연두색이다.

다리를 건넜다. 물이 조금 불었다. 댐에서 물을 터 준 모양이다. 이따금 이렇게 댐의 문을 열어 물을 흘려준다.

호주머니에 한 손은 찔러 넣고 한 손은 크게 흔들며 다소 거만하게 걸었다.

오리 세 마리가 안개 속으로 날아올랐다.

조금 더 가니, 오리 다섯 마리가 꽥꽥 소리 지르며 날아올라 안개 속으로 사라진다. 다리 근처에서 놀던 오리들이다.

내가 지날 때 후다닥 날아오르는 오리들을 보며 이제 나는 미안해하지 않는다.

이제 나 때문에 날아가는 나비나 새들에게 미안하지 않다.
나도 내 갈 길을 가는 것이기 때문이다.

찬비

강을 건너다가

돌아와요.

가을 찬비를 두고

나만 와요.

더는 못 갔어요.

미안해요.

가을에

잘 있어요.

무심과 명상

아침에는 강을 건너지 못했다.

안개가 너무 짙다. 마을길을 걸었다. 회관 마당이 점점 비어 간다. 늦콩 콩대가 마르고 있다. 가을볕에 파삭파삭하게 말라야 막대기로 탁탁 때릴 때, 꼬투리가 툭툭 터져 콩콩 튀어나온다. 그 튀어나온 콩을 널어서 며칠을 더 말려야 한다. 말린 후 해 질 때 나오는 바람으로 검불을 날린다. 검불을 날린 콩을 다시 말려 성한 콩과 다친 콩과 벌레가 먹은 콩과 덜 여문 콩을 추려 내야 한다. 일일이 한 알 한 알, 그 수많은 콩에 손이 닿는다. 놀라운 인내심과 섬세한 안목이 필요하다.

가을볕 속에 앉아 성한 콩을 가려내고 있는 사람들을 보면, 아, 아, 무심은 저 모습이다. 부처는 저 모습을 얻을 때 득도라고 했을 것이다. 바람 속에 몸을 맡긴 풀잎이 저러하다. 사랑은 어디서 올까?

무심은 명상에서만 생기지 않는다.

밭에는 쪽파와 무와 배추가 남는다. 곡식이 떠난 자리는 완전을 버린 허전함이 가득하다. 텅 비어, 아름다운 들길을 걸어

다닌다.

서리가 내리고 눈이 내리는 겨울은 마을의 다음 페이지다.

회관에 모여 흰쌀밥이 담긴 그릇 앞에 편하게 앉아 김장 김치와 김 나는 고등어 지짐과 함께 배부르게 점심을 먹는다. 누가 회관 문을 열고 들어올 때, 밖에 눈이다.

"눈 오네, 눈 와!"

가을 정리

새벽이 소란하여 창문을 열었더니, 빗소리였다. 소낙비다. 세차다. 가을비 소리는 내리는 비의 양이나 굵기보다 내리는 소리가 크다. 가을바람 소리는 크다. 문을 열어 놓고 앉아 책을 읽었다. 구름이 하늘을 덮고 있어서 날이 어둡다.

현관을 나섰다. 바람을 탄 빗줄기가 얼굴을 때린다. 차다. 다시 방으로 들어왔다. 날이 어두워진다. 날이 조여 온다. 캄캄해진다. 비가 더 쏟아질 모양이다. 빨래 걷어야 한다. 어! 쏟아졌다. 빨래는 괜찮았다. 그 정도는 나도 눈으로 치治를 잴 줄 안다.

어제, 회관 마당에 콩들이 모두 사라졌다. 콩 털린 콩대도 집 안으로 들어가 한데 부엌 솥 곁에 놓였다. 당숙모, 작은형수, 점순 어머니, 태환 형수의 모습도 회관 마당에서 자취를 감추었다.

마당이 휑하다. 가을 끝에 이제 김장 일이 남았다. 김장이 끝나면 사람들은 회관 안으로 들어가 자잘하게 남은 가을 여운을 정리할 것이다. 그리고 깊은 겨울 속으로 들어갈 것이다.

오늘 아침 강에 가지 않았다. 고양이 보리하고 나란히 서서 비 오는 창밖을 바라보았다. 바람 불고 비 오는 겨울 초입의 앞산은 이제 겨울이라고 내게 말 한다. 보리와 나는 알았다고 긍정하였다. 가을이 가네, 나의 가을이 가네.

마을의 가을이 가네.

오늘도 오래된다

하늘이 푸르다.

서재로 오기 전에 남쪽 하늘에 별을 바라보았다.

금성이다.

오래 바라보았다.

바라볼수록 빛나는 것들이 있다.

걷다가 다시 섰다.

뒤돌아서서 별을 다시 바라보았다.

가만히 바라보았다. 어두운 하늘에는 별이 많다.

사람들은 이따금 하늘을 보며 별을 찾는다.

살아온 날들을 생각하며,

슬플 때 별을 찾는다.

울지 마라, 눈물을 닦아라!

살다 보면 이보다 더 좋은 날도 있을 것이다.

별이 그렇게 말한다.

생각지도 않은 일들이 세상에는 얼마나 많은가.

지나간다.

생각해 보면 내가 지금 여기 있는데

내가 별을 보고 있는데

무엇이 없는가.

안심하라.

하루는 일일이 거룩하다.

나는 오늘 새벽 일찍 일어나

써 놓은 시들을 다시 읽었다.

고개 떨구지 말기를,

고개 세우지 말기를.

별의 눈으로 나의 시를 읽었다.

오늘의 하늘도, 오래된다.

그해 겨울

별들이 생각하는 자리로 내린 눈

눈이 올 텐데

안개가 가득하다.

겨울 안개는 얼굴에 차다.

마당의 감나무는 이제 잎이 하나 없다.

감나무는 지난가을 나에게 시 몇 편을 주었다.

마당가에 서 있는

감나무 같은 시를 기대하였으나

나는 가을을 제대로 따르지 못하였다.

감나무도 그걸 알 것이다.

눈이 올 텐데

차분하게 기다리며

또 다른 세상에 서성이자.

앉아 있자.

누워 있자.

일어나서 그리

가자.

시린 강물을 건너다

오늘은 강을 건너 천담 쪽으로 내려갔다. 마른 풀잎들 사이에서 새소리가 들렸다. 강을 따라 내려가다가 따스한 양지쪽 절벽 아래 암벽에 누워 해를 바라보는 어른 둘과 암벽을 타고 오르는 아이 둘을 보았다. 어린아이들은 대여섯 살 정도 되어 보였다. 산 아래 강바닥에서부터 시작된 비스듬한 암벽을 기어 올라가는 아이들은 신비로웠다. 때가 타지 않은 얼굴들이 맑은 겨울 햇살 속에 해맑다.

그렇다, 해맑다!

한참을 내려가다 원앙 떼를 만났다. 낙엽 밟히는 소리를 들었는지 원앙들이 경계의 기색을 보이다가, 결국 물을 차고 일제히 날아올랐다. 백 마리가 넘어 보이는 원앙들이 날아가는 모습은 장관이다. 날개에서 떨어져 흩날리는 물방울이 눈부셨다. 사진을 찍으려 했지만, 풀들이 내 키를 훌쩍 넘게 자라 있어서 앵글 안에 잡히지 않았다. 원앙들만 귀찮게 한 꼴이 되었다.

사십 분 정도를 더 걸어 내려갔다. 강을 막은 보가 있다.

© 김용택

보 위로 물이 넘어간다. 멀리 돌아가기 싫어, 신발과 양말을 벗어들고 강을 건넜다. 장딴지에 닿지 않는 얕은 물이다. 근래에 아무도 건너지 않았을 강을 맨발로 건넜다.

물이 넘친 보 위로 물이끼들이 자라 발자국 티가 난다. 얼마 가지 않아 발이 시려 오기 시작했다. 참을 수 없을 정도로 발이 얼얼하고 따갑게 시렸을 때 수면 위로 드러난 작은 바윗돌 위에 서서 쉬었다. 발이 빨갛다. 오른발로 왼발을 덮었다. 바꿔 덮었다.

강물은 눈부셨다. 억새들이 바람에 흔들렸다. 원앙들도 나처럼 물 위로 나온 저쪽 바위에 앉아 있다.

강을 다 건너 큰 바윗돌 위에 앉았다. 발이 새빨갰다. 시린 발을 주물렀다. 발을 말리고 양말을 신었다. 발이 후끈거리고 시원한 느낌이 발끝에서 온몸으로 퍼진다. 몸이 맑아지는 느낌이다. 건너온 강물을 바라보았다.

한 발 한 발 천천히 걸어 집으로 돌아왔다.

산을 자꾸 보았다.

산이 보였다.

산을 자꾸 보았다.

이제 겨울이다

아내가 마을 어머니들 사진을 찍어 왔다.

회관 앞 정자 마루에 걸터앉아, 해바라기하는 모습이다. 김장도 다 했다. 모든 농사일이 마무리되어 농부들의 손발에는 흙이 묻지 않았고 팔다리 허리 고개는 한가하다. 얼굴에 깨끗한 겨울 햇살이 가득하다. 무슨 말인지 웃을 때마다 햇살이 얼굴 가득 부서져 내렸다. 무슨 말이든 와르르 웃는다. 거기엔 허세가 없다. 겨울 앞에 선 농부들의 꽉 찬 웃음이 복되고 복되어 보인다. 근심도 걱정도 땅에 두고 해방의 자유인으로 돌아왔다.

자유란 놓여난, 평화를 말한다. 사진 속에 평화가 그득하다.

텅 빈 작은 논과 밭에는 바람이 지나가고 강물 소리가 지나간다. 한가하게 노는 마을 사람들의 사진을 보며 나는 그냥, 매우 좋다. 좋아서 하던 일을 멈추고 방 안을 서성이다가 강물을 바라본다.

아름다운 해가 짧은 겨울이다.

그 마을이다.

별을 볼 때

조용한 겨울이 왔다.

평화가 있다. 말해 무얼 해. 앞집 난로 연통 끝에서 푸른 연기가 이리저리 풀풀 흩어진다. 고구마를 구워 먹으며 우유 마시고 무엇 때문에 웃고 무엇 때문에 괴로워도, 날 저물고 어둠이 오고 그러다 며칠간 내리던 겨울 찬비도 그쳤다.

샘에서 물 떨어지는 소리가 들린다. 서재로 가다 걸음을 멈추고 별을 보고 서 있었다.

별을 볼 때는, 내가 별 볼 일 없이 편안할 때다.

어? 눈이다!

어? 눈인가? 했는데, 눈송이가 처마 끝을 내려옵니다. 눈이다! 눈! 했는데, 서너 송이가 그 뒤를 따라 내려오더니, 금세 쏟아집니다. 눈송이들은 내릴 곳을 찾는 것처럼 천천히 가만가만 조심조심 지상에 온몸을 온전하게 내려놓습니다. 서서히 앞산 가득 눈이 내립니다.

그러더니, 별안간 눈이 뚝 그칩니다.

앞산에 오래 묵은 길이 희미하게 드러났습니다. 죽은 길인 줄만 알았는데, 눈이 옛길을 찾아 살려 놓습니다. 정말 반가웠습니다. 갑자기 나무꾼들의 행렬이 나타날 것만 같았습니다.

돌담 위에도 눈이 살포시 앉아 있습니다. 그리고 날이 곧 훤해집니다. 하늘을 올려다보았지요. 하늘이 멀쩡해졌습니다. 파란 하늘입니다. 지상에는 거짓말 같은 눈송이들이 여기저기 마른 풀잎에 걸려 있고, 얹혀 있고, 매달려 있고, 앉아 있고, 잘못 온 듯 망설이며 돌담에서 사라집니다.

시인 이문재

허리 아픈 것이 쉬이 낫지 않아 침 맞으러 병원 갔다. 배 깔고 엎디어 침 맞고 있는데, 전화가 왔다. 문재였다.

형, 똥 잘 싸? 문재가 늘 하는 첫 질문이다.

똥의 지름이 몇 센티야?

안 재 봤지만, 잘 싸지!

몇 번 싸?

한 번.

그러면 안 죽어.

넌 뭐 하니?

혼자 막걸리 먹고 있어.

양말 벗어 옆에 놓고?

발이 시려 안 벗었는데. 아니, 근데 형 목소리가 왜 그래?

왜?

힘이 없어서.

응, 나 지금 엎드려 침 맞고 있어.

왜?

허리가 아파서. 문재야, 나 엎드려 있거든? 지금 힘들어. 조금 있다 전화하자.

그렇게 침을 맞고 약을 사서 들고 오는데, 전화기에 '김훈'이라는 이름이 떴다.

왜?

아파서 죽게 생겼냐?

내가?

그래, 문재가 전화해서 김용택이 죽게 생겨서 병원에 있다고 하던데?

잉? 아냐, 허리 아파 침 맞고 있다고 했는데.

그놈 새끼, 또 뻥친 거구나. 아프지 마.

조금 후에 문재의 전화가 왔다.

내가 용택이 형 죽겠다고 했더니, 훈이 형이 막 엉엉 울었어. 형, 아프지 마!

웃음이 나왔지만, 내내 웃을 수만은 없었다.

소설가 김훈

김훈은 우리 마을에 처음 온 기자다. 그가 취재를 왔을 때 나는 근무 시간이었다. 퇴근하고 집으로 갔더니, 김훈은 가고 없었다. 기사를 보니, 나와 만난 이야기는 한 줄도 없고 우리 어머니 인터뷰 기사만 실려 있었다.

어느 해 여름엔 아내와 함께 우리 집에 온 적도 있다. 어둑어둑한 강물에 들어가 목욕했다. 내 몸은 검고 그의 몸은 밤강에서 유난히 희게 보였다.

어느 눈보라가 치는 겨울날 그가 왔다. 임실 순창 가는 모든 교통수단이 두절되었던 때, 김훈이 임실역에서부터 이십 킬로미터가 넘는 우리 학교로 택시를 타고 왔다. 엄청난 눈보라를 헤쳐 삼십 분을 걸어서 함께 집으로 갔다. 그가 소고기를 열 근도 더 넘게 사 온 덕에 나는 그때 소고기를 처음 먹어 보았다.

집이 눈 속에 갇혔다. 불을 때서 밥을 할 때였다. 어머니는 그날 큰집 가서 주무셨다. 깊고 추운 밤이었다. 눈떠 보니 김훈은 이불을 머리끝까지 덮고 자고 있었다. 외풍이 심했을 거다. 나는 그가 왜 앞이 안 보이는 눈보라를 뚫고 우리 집에까지 와서 그렇게 추운 방에서 이불을 둘러쓰고 잠을 자고 갔는지, 지금도 모른다.

한번은 서울에 갔다. 광화문역까지 전철을 타고 갔다. 땅속을 꽥꽥 달리다가 땅 위로 솟아 덜커덩덜커덩 달리는 전철이 불안했다. 처음 지하철을 탔을 때다. 역에 내려 나는 그만 얼어붙고 말았다. 나가야 할 출구를 잊어버린 것이다. 김훈에게 전화를 걸었다. 거기서 무슨 간판이 보이냐? 너 꼼짝 말고 서 있어. 나는 그 자리에 꼼작 못하고 서 있었다.

그가 〈문화일보〉인지 〈시사저널〉인지, 근무할 때다. 서울 가서 일 보고 그를 만나러 갔다. 사무실이 엄청 넓었다. 기가 죽었다. 김훈은 어디에 있나 두리번거리는데, 저쪽 끝에 웬 근사한 사내가 커다란 파이프를 물고 담배 연기를 내뿜으며 무엇인가를 찾고 있었다. 가만 보니 그였다. 엄청 멋있었다.

순대국 편지, 그래서

함박눈 내려요

순대국 먹으러 가자고 하고 싶어요

꼭 순대국이 먹고 싶은 건 아니구요

그냥 지금 몸이 좀 아프니까 같이 밥 먹으러 가고 싶어요

그러면 당신이 내 얼굴 보면서 걱정해 줄 테니까

그래서

그래서, 아내가 쓴 글

그리하여 딸아이가 그림을 그릴 때 달빛이 그곳에 머물기를, 별빛이 그곳에 스며들기를, 딸아이가 시를 쓸 때 꽃잎이 날아와 시에 앉기를, 나비가 날아와 춤을 추기를, 그러다 딸아이 아픈 이마를 손으로 짚으며 괜찮아 순대국 먹으러 가자, 하는 그런 사람을 만나 순대국을 먹으며 세상에 다정하기를, 순대국을 먹으며 아픔에 대해 웃을 수 있기를, 사랑하기를. 그리고 봄이 노는 화단을 내다보고 있는 우리 집 고양이 보리는 내 생각인데, 이제 철이 들 때도 되었다. 보리가 소파를 긁지 않을 때도 되었다.

• 아내, 이은영이 썼다.

환한 생각

눈을 뜨자 방 안이 환했다. 눈이 왔나?

그래, 눈이 왔다. 눈이 내리고 있다.

눈을 쓸 빗자루를 들고 밖에 나가 서서 눈을 맞았다.

목덜미가 희끗희끗 차다. 눈송이들은 하나하나 자기가 생각한 곳으로 내려가 생각대로 가만히 앉는다. 내리면서 수긍하고 내려서 긍정한다.

하늘을 올려다보았다. 떠가는 분홍빛 새벽 구름 속 높은 하늘에는 깨끗한 별이 몇 개 떠 있다.

눈은 더 오다가, 천천히 그쳤다.

그래, 맞다.

그래서 환하다.

시가 창밖에 서 있어요

서재로 건너올 때 바람이 찼다. 하늘에는 구름이 많아 눈이 오려나 보다 했다. 겨울 맛이 제법 난다. 추워 웅크릴 정도는 아니지만, 알맞게 춥다.

밖을 보았더니 창문으로 나간 불빛에 희끗희끗 무엇이 날린다. 눈발이다. 나갔다. 톡톡, 옷에 떨어진 눈이 잔디 위에 떨어져 튄다. 진눈깨비다.

뒷산에 바람 소리가 깊다. 앞산을 보았다. 높은 산에 눈이 쌓여 희다. 그렇구나, 밤에 눈이 왔구나. 첫눈이다. 겨울을 실감한다. 이제 나는 겨울을 이야기해야 한다.

마을의 밤은 깊고 길고 때로 무겁다.

번잡함을 지우는 단순한 일상이 될 것이다.

나는 시 쓰기 좋은 마을에 산다.

한가하고 고적한 풍경 속을 한 발 한 발, 발걸음 소리를 세어 가며 나는 세상의 길을 걸으리라.

겨울 햇살이 떨어져 반짝이는 작은 나뭇가지와 넘어지는 풀잎과 부서지는 물이 내는 소리를 귀에 담으며, 뱁새와 오리들을 반가워할 것이다. 서산 나뭇가지에 달이 걸리면, 나뭇가지들은 고요한 하늘에 시를 쓰고, 눈은 밤을 새워 내 공책에 쌓이리라. 나는 다정하고 정다운 글을 쓰며 지내리라.

달 밝은 내 창문을 시가,

가만히 두드린다.

길이 내게로 온다

강에 나갔다.

어젯밤에도 비가 뿌려 산이 다 젖었다.

집으로 따라가지 못한 콩잎이 비에 젖어 흙에 달라붙었다

아침마다 만났던 종길 아재, 재섭 아버지, 점순 어머니가 며칠째 보이지 않는다.

나는 이제 말 걸어오고 말 걸 사람 없이

홀로 강을 건너야 한다.

비껴가는 사람 없이, 침묵을 배우면서

뭣 하나 나무라거나 탓할 것도 없는

겨울 활엽수들처럼 산비탈에

서 있거나 홀로 걸어야 한다.

마주 오는 사람도

뒤에 오는 사람도 없다.

걸어가면 길이 온다.

고요에 말을 걸면

고요는 길 하나를 주고

손을 들어 산 너머

먼 길을 가리킬 것이다.

혼자 산을 넘어가 보라고

산 넘는 굽은 길 하나를 줄 것이다.

나의 아버지

설이 다가오고 있었다.

아버지는 설장을 보러 가셨다. 해 지자 눈보라가 마을로 들이닥쳤다. 우리 형제들은 마당과 마루에 쌓인 눈을 쓸며 아버지를 기다렸다. 눈은 쉬지 않고 쏟아졌다. 앞산과 강변에 가득한 눈보라 속 아버지가 희미하게 보였다.

아부지다! 우리 아부지다!

눈보라를 헤치며 아버지는 마당으로 들어오셨다. 눈사람 같은 아버지가 뜰방에 서서 쿵쿵 뛰며 눈을 털었다. 하얀 눈이 아버지의 몸에서 쏟아졌다.

방 안으로 들어오시자마자 보따리를 푸는 아버지의 머리에서 김이 났다. 우리가 입을 옷들이 방바닥에 풀어졌다. 이것은 네 것 저것은 네 것, 아 그래 그렇지 이것은 저것은, 하시며 옷과 내복과 양말 모두 한 벌씩 맞추어 방바닥에 깔았다. 옷은 총 여섯 벌. 셋째 동생 양말 한 켤레가 보이지 않았다. 짝을 맞추어 가며 다 뒤져 보았는데도 없었다.

아버지는 오셨던 길로 나섰다. 우리들은 마루에 들이친 눈을 쓸어내며 아버지가 돌아오시기를 기다렸다. 눈보라를 헤치며 동구길을 걷는 아버지 희미한 모습이 지워졌다가 한참 후 다시 나타났다. 우리 아버지가 뚤방에서 눈을 털면서, 찾았다며 넷째의 양말을 흔들어 보이셨다. 우리는 모두 환하게 웃었다.

아버지는 눈보라만 치지 날은 그리 춥지 않다며 밥상 앞에 앉으셨다. 식구들 모두 밥 먹는 아버지 둘레에 모여 앉았다. 더운밥에서는 김이 나고 눈보라가 휘몰아치는 밤의 호롱 불빛이 흔들리며, 아버지를 중심으로 우리도 환하게 흔들렸다.

어머니는
자기 이야기는 하시지 않았다

아내는 강기슭에 얼음이 잡히는 찬바람 속 징검돌 위에 앉아 빨래했다. 세탁기가 없을 때 아내는 시집왔다. 퇴근길이면 나는 강으로 달려가 빨래를 들고, 아내는 웅크린 채 고무장갑 낀 두 손을 호호 불며 내 뒤를 따랐다.

빨랫줄에다 빨래를 널었다. 빨래 끝에서 금세 작은 물방울들이 얼며 맑고 투명한, 몽당연필 같은 고드름이 길어 났다. 방에 들어선 아내는 이불 밑으로 두 손을 밀어 넣었다. 어머니는 며느리의 언 손등에 당신 손을 얹으시며 "추은디, 애썼다"면서 빤히 아내의 얼굴을 바라보며 두 손으로 아내의 얼굴을 감쌌다.

아내도 어머니 얼굴을 바라보았다. 차가운 강바람에 언 아내의 빨간 얼굴이 녹으며 눈가에 물기가 돌았다.

얼음장을 깨 가며 빨래하면 언 손등이 쩍쩍 갈라지고 생살에서는 피가 났었단 말을 어머니는 꺼내지 않으셨다.

문명의 희미한 표정

창밖에는 눈 오고 고구마를 구워 먹는다. 잘 익은 고구마를 두 쪽으로 쪼갤 때, 고구마 속 뜨거운 김이 밖으로 나온다. 앗! 뜨거워서 얼른 놓았다가 다시 들고 호호 불어먹는다. 다디단 고구마 맛이 온몸에 번진다.

눈송이들이 바람을 따라 가루로 뿌옇게 휘몰아쳐 기와지붕을 넘어와 가로막힌 거실 유리창을 때리기 직전 훅훅 사라진다.

작은 새들이 눈보라를 헤치고 마을로 날아들었다. 눈 위로 솟은 마른 풀대에 앉아 작은 풀씨를 콕콕 쪼아 따 먹는다. 딱딱한 씨앗들이 작은 모래주머니 속에서 생명의 양식이 된다. 부지런한 작은 새들의 머리 위에도 눈은 온다.

하늘에서 땅으로 내려오는 눈송이들이 새삼스럽다. 내리는 눈송이를 오래 바라보고 있으면 나도 하염없이 어딘가로 내려가는 것 같다.

고요 속에서 문명의 희미한 표정을 지운다.

텅 빈 공중

관목 숲에서 나무 쪼는 소리가 났다. 크낙새다. 마음을 가다듬으며 나무 쪼는 소리가 나는 곳을 찾는다. 오색딱따구리다. 다섯 가지 색을 가진 새다. 겨울 산에서 오색은 아름답다. 땅 위를 뛰듯 서 있는 나무 몸을 타고 뱅뱅 돌아 오르며 쫀다.

눈송이들이 세상의 어디에 닿아도 소리가 없다. 소리 없는 강물을 바라보았다. 산을 그리며 지나온 눈송이들이 강물로 간다.

성긴 눈송이는 수면에 닿아도 물결을 만들지 못하고 사라진다. 강물로 내려오던 어떤 눈송이는 스스로 몸을 조금 움직여 나뭇가지로 날아가 앉기도 한다.

살아 있는 눈이다.

굴욕의 아름다움을 눈은 안다

눈 위로 눈이 간다.

가만히 내려다보고 온 길을 올려다본다. 눈이 오고 있다. 바람은 없다. 눈이 가고 있다. 앉고 있다. 나뭇가지마다 눈송이 위에 포개진 눈송이들이 허물어지지 않고 앉아 있다.

쌓인 눈을 후 불었다. 눈들이 날려서 까만 땅이 나타났다.

내 입김으로 날아간 눈송이들이 다른 눈 위로 가서 희고 곱다.

내려다보고 앉아 있다가 천천히 일어났다. 눈은 거만함이 없다. 수긍의 모욕과 긍정의 굴욕, 그것의 아름다움을 눈은 실행한다.

눈 위로 눈이 온다.

마을에서 살아남으면 어디를 가서도 살아남는다

농사를 짓고 사는 사람들은 공부를 따로 하지 않았다. 마을이 학교였다. 마을에 있는 나무와 강과 하늘과 비와 바람과 해와 별과 달이 책이었다. 마을 사람들이 서로를 가르치고 배우는 선생님이었다.

배우면 써먹었다. 배우면 써먹었기 때문에 나이가 들수록 농사일에 숙달되어 누가 일일이 가르치지 않아도 모든 일을 스스로 '알아서 하게' 되었다. 하나를 배우면 열을 알아 여기저기 응용하고 해석하여 두루두루 유용하게 썼다. 자연이 하는 말을 알아들었다. 평생 공부했다. 그들은 예술 활동을 따로 하지 않았다. 삶이 예술이었다.

사람이 그러면 못 쓴다고 했다. 싸워야 큰다고 했다. 마을에서 일어나는 일이 남의 일 같지 않다고 배웠다. 그들은 같이 먹고 같이 일하고 같이 놀면서, 도둑질 안 하고 거짓말 안 하고 막말 안 하고, 무엇보다도 사람이 마음을 곱게 써야 한다고 했다.

마을에서 살아남으면 어디를 가서도 살아남는다고 했다.

마을에서는 한 인간의 모든 면모가 일일이 다 드러난다. 한 인간의 실상이 다 드러난다. 나를 고치고 바꾸고 마을과 맞추어야 한다. 나는 날마다 그것을 공부했다.

이 길은 나의 길

걸어서 마을 밖으로 나간다. 마을에서 떨어진 길가 모정에 앉아 강물을 바라보고 있는 한 사내를 만났다. 인사를 하며 어디 사느냐고, 물었다. 이웃 마을에 사는데 선생님 제자라고 해서 놀랐다. 그냐? 하며, 반갑게 악수하였다. 자기 이름을 말하며 수줍어한다.

제자의 아버지는 허리가 몹시 굽었었다. 짧은 머리에 유순해 보이는 얼굴이지만 어떤 때는, 영화 속 동학농민군들이나 흑백사진 속 독립군 단체 사진 얼굴들처럼 속내를 쉽게 드러내지 않은 공동의 신념이 얼굴에 스쳐 갈 때도 있었다.

달구지로 나무도 해 나르고 보리도 벼도 실어 날랐다. 나는 그 어른이 어쩐지 좋았다.

제자는 시내버스 운전한단다. 정년이 육 년 남았단다. 내가 아버님을 속으로 좋아했다고 말했다. 제자의 얼굴이 환해지는 것을 봤다.

사회적인 공분을 살 만한 일과는 상관없는 삶을 살아온, 선량한 시민의 얼굴이다. 우리 집에 한 번 들러라. 아버지 사진이 나온 책이 있다, 고 했다.

조금 더 걸어갔다. 시골 사는 제자가 비닐하우스 일을 하고 있다. 나는 저 제자 아들도 가르쳤다. 그때 내가 가르쳤던 아이를 닮은 아이가 있어서 사진 찍어 준다고 했더니, 쪼르르 뛰어 올라왔다. 이름을 물었더니 이름을 말하고는, 아버지가 힘들게 지었단다. 내가 웃었다. 아이는 2학년이다. 자기는 공부를 아주 열심히 잘한다고 말했다. 할아버지는 누구냐고 물었다. 네 아버지와 네 큰 형을 가르쳤다고 했다. 어디 가냐고 했다. 저기, 간다고 했다. 비가 온다고 했냐고 내게 물었다. 모르지만 비는 올 것 같지 않다고 하늘을 보며 말했다. 버스를 타고 학교에 다닌다고 했다. 어디 가냐고 또 물었다. 웃으면서 저기 간다고 말했다.

우리 이야기는 한도 끝도 없이 반복되고 또 이어진다. 내용은 별로 없다. 오랜만에 2학년 학동과 몸짓 손짓 발짓을 해 가며 큰 소리로 떠들며 이야기했다. 둘이 크게 웃기도 했다. 시종일관 막힌 데 없이 이어지는 유쾌하고 활발한 담소였다. 나는 2학년을 이십여 년 가르쳤다.

그럼, 나는 이제 그냥 가 보겠다고 했다. 또 어디까지 가냐고 했다. 그러다가 아, 아까 말했지, 하며 할아버지는 어디 사냐고 했다. 저기 산다고 우리 마을이 있는 곳을 가리켰다. 언제 놀러 오라고 했다. 그런다고 하는 아이에게 나, 이제 가도 되냐고 확실하게 물었다. 어디까지 가냐고 또 물었다. 귀여워서 또 사진을 찍었다. 두 손가락을 펴서 브이 자를 만들어 눈에 대고 이 이 이, 하고 억지로 웃다가 진짜로 히히 웃었다. 앞니가 모두 빠졌다. 그때 아이 아버지가 선생님, 그 녀석하고 이야기하다 보면 한도 끝도 없으니 그만 가시는 게 좋겠다고 했다. 그러면서 할아버지 바쁘신 분이다. 그만 보내 드려라. 그럼 간다고 하고 빨리 걸어갔다.

돌아오면서 보니, 아이가 아버지 트랙터에 타고 있다가 큰 소리로 지금 아버지가 창고 만든다고 물어보지도 않은 말을 했다. 아이의 형이 생각났다. 이 아이 형은 미니 포크레인도 운전할 줄 알았었다. 아버지의 잔심부름은 다 하였다. 퇴근할 때 아이에게 주려고 아이스크림을 사 들고 가기도 했다. 빈손으로 만난 어느 날 잔돈을 준 기억이 난다.

그럼 나 가 볼게, 안녕! 근데 할아버지 집이 어디에요. 아까 말했어도 또 저기 저쪽 산 아래 있어. 언제 놀러 와, 그랬더니 큰 소리로 우리 형 알아요, 한다. 내가 형을 가르쳤다고 나도 크게 말했다. 그럼 이제 진짜로 가 볼게, 오늘 정말 반가웠어, 잘 있어. 날이 어두워졌다. 강변 풀밭에 바람이 불었다. 풀들이 길게 쓰러졌다. 오다가 뒤돌아보았다. 아이가 크게 손을 흔든다.

이 길은 나의 길이다.

초등학교 선생으로 삼십일 년 나는 강물을 거스르고 때로 따르며 순응과 거역을 배우고 자유를 얻었다. 그리움을 실어 오고 외로움을 가져가던 강물이 흐르는 강길을 지금도 나는 걷는다. 나는 이렇게 이 길에서 하얗게 늙어가고 싶었다. 그런데 그렇게 되었다.

자다 깼다 새벽이다. 창밖에 달 떠 있다. 달이 나를 보고 있다. 좋아하였다. 낮에 본 아이 생각이 났다.

나는 조각달 오목한 곳을 가만히 베고 잔다. 밤바람 소리가 들린다. 나는 소리로 내게 주어진 삶을 괴로워하기도 하고 기뻐하기도 한다. 고쳐 눕고, 한 번 더 돌아누워 잔다.

달이 잠든 나를 내려다보며 갈 것이다.

네 그루의 나무를 위한 네 편의 시 그리고 화가 지용출

사실 바람은 소리가 없다.

사실은 나무도 소리가 없다.

바람이 나무를, 나무가 바람을 만나야만 소리가 생긴다. 역사도 현실을 만나야지 소리친다. 소리는 당면한 현실이다.

아픔이든 슬픔이든, 절망이든 행복이든, 사랑과 이별이든, 태어나 늙고 병들어 죽든, 이 갖가지 '현실'이 일일이 '소리'를 낸다.

지용출에게서 바람 소리는 바람과 나무의 말이다.

첫째 편

내가 근무하던 학교의 교실 창가에는 아름드리 미루나무 한 그루가 교실 가까이 있었다.

봄이 와서 연두색 새 이파리가 돋아나고 서서히 잎이 커지면서 나뭇잎들은 바람을 타기 시작한다. 그러다 어느 날 문득 바람 소리가 나기 시작한다. 나뭇잎이 두꺼워져서 서로 부딪쳐 소리를 내는 것이다.

미루나무의 온몸이 아침 햇살 속에 드러나고, 나무가 온몸으로 바람을 맞이할 때, 눈부시고 찬란하던 그 나뭇잎들이 손뼉 치는 소리를 나는 잊을 수 없다. 이따금 아이들과 나무 밑에 서서 맑은 햇살과 바람 속에 서 있는 나무를 올려다보았다.

바람 부는 나무 아래 서서
오래오래 나무를 올려다봅니다.
반짝이는 나뭇잎 부딪치는 소리.

그러면,
당신은 언제나 오나요.

– 졸시 〈그러면〉 전문

둘째 편

내가 사는 마을 앞 강 건너에 커다란 미루나무가 한 그루 있었다. 봄이 가고 여름 오고 가을 가고 겨울 오고 또 봄이 와서 가도 나무는 그 자리에 서 있었다. 공부도 하지 않고 이사도 가지 않고 여행도 다니지 않고 미루나무로 태어난 미루나무는 미루나무로 살았다. 그러다 어느 해 큰바람이 불어와서 나무는 자기가 살아온 길이만큼 길게 넘어졌다.

강가에 키 큰 미루나무 한 그루 서 있었지

봄이었어

나, 그 나무에 기대앉아 강물을 바라보고 있었지

강가에 키 큰 미루나무 한 그루 서 있었지

여름이었어

나, 그 나무 아래 누워 강물 소리를 멀리 들었지

강가에 키 큰 미루나무 한 그루 서 있었지

가을이었어

나, 그 나무에 기대서서 멀리 흐르는 강물을 바라보고 있었지

강가에 키 큰 미루나무 한 그루 서 있었지

강물에 눈이 오고 있었어

강물은 깊어졌어

한없이 깊어졌어

강가에 키 큰 미루나무 한 그루 서 있었지 다시 봄이었어

나, 그 나무에 기대앉아 있었지

그냥,

있었어

– 졸시 〈나무〉 전문

셋째 편

나는 아직 느티나무로 태어나 느티나무로 살다가 느티나무로 죽은 느티나무를 보지 못했다. 출신 계급이나 신분의 문제가 아니다. 삶의 문제다. 나무는 정부다. 봄이 오면 나무는 정의로운 새 정부를 조각組閣한다. 나무는 늘 새로운 시를 쓰고 새 역사를 쓰고 새 노래를 부른다.

내가 사는 마을 앞뒤에는 오래된 느티나무가 있다. 나는 마을 앞에 있는 느티나무 밑을 일흔일곱 해 동안 지나다니고 있다. 눈만 뜨면 그 느티나무는 내 앞에 서 있다. 이 느티나무 밑으로 온 동네 사람들이 모여 놀던 여름날들을 나는 기억하고 있다. 내가 걸음마를 배웠을 때 아버지는 벌거벗은 나를 데리고 나무 아래로 사람들을 만나러 갔을 것이다.

아버지의 손을 잡고 한 발 또 한 발 걸을 때
오래 밟은 흙이 발가락을 덮고, 나는 마른 흙 범벅이 된 지렁이를 보았네.
꿈틀거리는 지렁이를 내려다보고 서 있을 때
아버지가 나를 내려다보며
내 손을 끌어당겼어.
아가, 더 자랐구나.
강 건너 나무들이 손을 뻗어 내 머리를 쓰다듬어 주었어.

느티나무 그늘 아래 사람들이

모두 나를 보며 웃었어.

저놈 봐!

저놈이 웃네.

모든 오늘이 느티나무 아래로

모여들어 나를 보며 함께 웃었어.

그늘이 환하게 웃어 주던

그 좋은 시절, 우리 아버지,

그쪽으로 고개를 돌리면

그때 그 웃음이 나와

나는 아버지를 올려다보며

지금도 웃어.

– 졸시 〈그늘이 환하게 웃던 날〉 전문

넷째 편

나는 나무입니다.

나는 정면이 없어요.

바라보는 쪽이 정면이랍니다.

나는 언제 보아도 완성되어 있고

언제 보아도 달라 보여요.

나는 경계가 없어서

모든 것들이 넘나듭니다.

바람이 오면

바람 부는 나무가 됩니다.

비가 오면

비가 오는 나무가 되고

눈이 오면

눈이 오는 나무가 되고

새가 날아가면

새가 날아간 나무가 되고

달이 뜨면

달이 뜨는 나무가 됩니다.

달이 나무 위에 떠 있는 그 시간,

입맞춤의 긴 시간을 나는 좋아했답니다.

나는 시인의 집 앞에 서 있습니다.

나비가 강을 건너오네요.

나는 설레요.

나는 기다려요.

당신을.

– 졸시 〈내게로 오세요〉 전문

나는 이 시는 나중에 〈새들의 시〉라는 제목의 시로 개작하였다.

지용출에 대하여

사실 나는 그를 잘 몰랐다. 살다가 여기저기서 얼굴이야 스치고 이름이야 들어 보았겠지만, 마주 보고 앉아 이름을 부르며 말을 섞을 사이는 아니었던 모양이다.

한 장의 그림 앞에 설 때 우리는 화가를 먼저 생각하지 않는다. 화가는 늘 그림 뒤에 숨어 있다.

몇 해 전, 지용출 추모 전시장을 우연히 들르게 되었다. 아, 저 사람이구나. 뒤틀리고 잘린 나무들이 어딘가를 향해 주먹을 불끈 쥐고 온몸으로 몸부림을 치던 사람, 어딘가를 향해 뻗어 나가고 싶은 간절한 풀잎들의 새순을 판자에 새긴 저 사람이, 지용출이구나.

전시장 어느 부스에 들어섰을 때 나는 네 장의 그림 앞에 멈춰 섰다. 그리고 서서히 그 그림을 향해 걸어갔다. 그리고 곁에 서 있던 아내에게 여보, 저 나무들 좀 봐, 했다. 그리고 나도 아내도 저 나무 백양나무 아냐? 하며 다른 입으로 같은 소리를 했다.

그림을 가만히 들여다보고 서 있을 때 문득 어디선가 바람소리가 들려왔다. 내가 근무하던 학교의 미루나무, 우리 마을 앞 강 언덕의 느티나무, 강 건너 미루나무 바람이 불어왔다. 늦어도 너무 소용없이 늦었지만, 내가 지용출을 제대로 만난 것은 〈바람소리〉라는 제목이 붙은 그 네 그루의 나무 판화 아래였다.

지용출. 그는 너무 일찍 죽었다. 죽음들이 다 아쉬움에 가슴 저리지만, 지용출 그 사람은 정말 너무 일찍 죽었다. 세상의 몸부림으로부터 막 빠져나온 그가 어느 삶의 길목, 바람 부는 나무 아래 섰을 그때, 그 아름다운 삶의 평화와 자유를 눈물 핑 도는 세상에 대한 발 저린 사랑을 만났을 그때, 바람이 문득 그를 데려가 버린 것이다. 네 그루 나무가 그것을 말해주고 있다.

내게 그는 가장 아름다운 판화가이자, 이 땅 그 어디에 서서 바람을 햇살을 비를 눈을 불러 온몸으로 맞아들이는 나무다. 그가 두고 간 나무 한 그루가 내 집 현관 정면에 걸려 있다.

나는 하루에도 몇 번씩 그의 바람 부는 나무 아래를 지나다닌다. 그리고 때때로 나무 밑에 서서 나무를 올려다보며 계절의 바람 소리를 듣는다. 나는 그의 나무 아래 서서 때로 행복하고, 때로 너무 안타깝다. 그리고 때로는 슬픔이 차올라 눈시울이 붉어지기도 한다.

이 사람아, 조금만 더 참다가 나랑 나무 밑에 앉아 놀며 바람 소리나 더 듣다 가지 그랬는가. 그의 나무는 그이 대신 바람으로 손뼉 치며 달과 새를 불러 나를 달래 준다.

그림은 발언이 될 수 있지만 설명이 될 수는 없다. 말도 안 돼, 너 지금 그걸 말이라고 하냐? 고 되묻게 하는 그림은 그림이 아니다. 그림이든 시든 정치든 뭐든, 최소한 '말은 되어야' 한다. 말이란, 혼자 하는 것이 아니다. 고뇌와 인간에 대한 슬픔과 연민 그리고 세상에 대한 끝없는 사랑, 역사와 사회에 대한 진정한 목소리가 되어야 말이라고 할 수 있다.

지용출의 나무는 오랜 세월, 내게 늘 새로운 말을 걸고 새로운 세상을 그리게 해 주는 예술의 궁극을 보여 주고 있다.

그러니 사랑이란, 당신이 내뱉을 새로운 말의 탄생을 기다리는 일이다. 화가는 그 말을 받아서 생명이 다 빠져나간 마른 나무판자에 새겨 생환시키고, 시인은 그 말을 받아서 흰 종이 위에 적어 새로운 세상을 창조한다. 세계관의 확대는 새로운 세상에서 불어오는 바람 소리다.

그리고 그리움은 현실이라는 엄연함을 재현하는 끝없는 도상途上이다.

지용출, 〈바람소리5〉, 2007

새벽에 일어나서 1

나는 가끔 내가 쓴 시가
한 그루 나무로 서 있을 수 있을까, 곰곰이 생각한다.
저 어마어마한 도시 한복판에서.

새벽에 일어나서 2

여전히 나는 강가에 버려진 사람처럼

혼자 걷는다.

마치 지구 밖에 사는 사람 같다.

꿈에라도

새벽잠을 설쳤다.

꿈에라도 나타나면 안 되는 사람이 내게도 있다.

꿈이 개운하지 않다.

서재로 왔다.

달이 구름 속에 있었구나.

서산이다.

새벽달은 늘 서산이다.

분노는 없다.

아무 일 없었다

마을이 흰 눈으로 덮여 있다. 세상으로 가는 길은 뚫려 있으나 나는 세상에 나가지 않았다. 최소한의 행동반경 안에서 최대한의 생존방식을 이행하였다.

일어나고 밥 먹고 자고 놀고, 무엇인가 고민하였고 어떤 것으로 괴로워하였으며, 낙담하였고 아파했으며, 또한 기뻐하였다. 그러나 그러한 것들이 내 길을 방해할 만한 무거운 짐이 되지는 않았다.

그렇다 하더라도 그것들은 분명 소용이 된다. 강과 나무와 산과 마른 풀잎에 핀 눈꽃 사진을 찍었다.

아무 일도 일어나지 않았으며 어제로 촘촘하게 이어진 수많은 순간이 오늘로 이어져 갔다. 내일이 올 오늘, 하루를 무사히 지냈다.

이런 하루 속에 내가 있었다. 이런 날이 아름답다. 하루가 마을을 빠져나가는 것을 두 눈으로 보였다.

시작은 늦지 않다

지금 네가 괴로운 것은

하고 싶은 일을 하지 않고 있기 때문일 것이다.

그곳을 향해 지금 당장 한 발을 내디뎌 보라.

내일은 두 발이 될 것이고

모레는 세 발을 가고 싶고

그다음은 나도 몰래 서른 발을 떼고 있을 것이다.

그곳은 누구도 가 본 적 없는 너의 세상이 너를 애타게 기다린다.

사람들이 가보지 않은 세상이 얼마나 많은가.

어떤 시작이든

시작은 언제나

늦지 않다.

당숙모네 집

당숙모네 집까지
눈을 쓸었다.

현관문 앞 한 발 내어 디딜 곳까지
바짝 쓸었다.

돌아오다가
뒤를 돌아보았다.

길이 났다.

몽당 붓질 자국처럼
빗질 자국이 용감하고 씩씩하였다.
거침이 없었다.

당숙모네 집이 환했다.

눈 온 날 아침에 쓴 서정시

마을에 눈이 왔습니다. 눈이 온 아침, 나는 마을의 안길과 사람들이 사는 마당 눈을 가래로 밀어, 눈밭에 길을 냅니다.

오늘 아침에도 길을 내어 주었습니다. 마을 안길로 가래를 밀어 길을 내갑니다. 집을 만나면 누구네 마당으로 들어갑니다. 마당을 지나고 뜰방 아래 댓돌까지 길을 냅니다.

뜰방에 벗어 놓은 신발에 눈이 소복하게 쌓여 있으면 탈탈 털어 가지런히 뒤집어 놔둡니다. 어떤 집은 눈이 올 줄 알았는지, 신발을 뒤집어 놓은 집도 있습니다. 그 신발 바닥 눈도 털고 다시 바닥이 보이게 원래대로 뒤집어 놓아둡니다.

마을길과 집집을 모두 이어주고 마을 큰길로 나와 찻길까지 다 이어 놓으면 내 등에는 어느새 땀이 나고 우리나라의 모든 길들로 다 이어질 것 같습니다. 서울, 대구, 부산에 있는 아들딸들 집까지 말입니다. 등에 땀이 나 서늘합니다.

허리를 펴고 앞산을 바라보며 하얀 입김을 산으로 보냅니다. 스스로 만족해서 내가 나를 칭찬하며 기뻐합니다.

눈 온 날 아침, 우리 마을 눈 위에다 쓴 나의 서정시였습니다. 내일도 눈이 오면 나는 오늘 쓴 시보다 더 아름다운 시를 쓸 생각입니다. 그렇게 쓴 시를 모아 내년 봄에 '시의 집' 한 채 지어 줄 생각 중입니다. 물론 그때는 그 '시집'도 눈길을 내 줄 것입니다.

증거가 없다

아침에 일어난 것도 같았다. 밥을 먹은 것도 같았다. 아내와 무슨 이야기를 나눈 것도 같았다. 내가 산책을 다녀왔던가? 어제 일 같은데 아니, 엊그저께 일인가. 산을 본 것도 같았는데 지금은 물을 보고 있다. 여러 가지 무슨 일을 한 것 같은데 그런데, 그런데 … 그런 것 같았다.

꼭 무슨 일이 한 가지쯤은 기억에 남아 있어야 하는데, 앉았다가 일어났더니, 하루가 갔네.

나는 부지런한 사람이다.

하루를 부지런히 걸어 다녔을 텐데, 눈 깜짝할 새였다. 하루라는 게 있기는 있는 것일까. 그 부지런으로 무엇을 증명할 수 없다.

오늘 나의 하루를 누가 무엇으로 입증할까. 진짜로 나는 오늘 아무 일이 없었다.

지내 놓고 보니, 그게 그렇게 좋다. 무지하게 좋다.

뱁새가 사람의 집을 찾아오다

어제는 종일 눈이었다.

이따금 해가 나와 마을이 환해졌다가 금세 또 눈보라가 휘몰아쳤다. 아침에 마을 안길 눈을 치운 후 집에 있었다. 하루 종일이 눈이다.

아내의 허리가 쉬이 풀리지 않는다.

마을로 내려온 작은 새들의 사진을 찍었다. 배고픈 새들이다. 퍼뜩 정신이 들어 카메라를 치웠다.

쌀을 줘야 할지 말아야 할지, 그것이 고민이었다. 쌀을 주머니에 넣고 마루에 섰다. 눈 위로 나온 풀대에 모여 풀씨를 따 먹는 새들을 보고 모이를 주지 않기로 했다. 그것이 맞다.

해 질 무렵, 뱁새가 눈 쌓인 돌담 틈으로 들어갔다가 나오는 것을 보았다. 뱁새는 산새다. 뱁새가 마을로 사람의 집을 찾아오다니. 처마 끝 여기저기 포롱포롱 난다. 마루에 쌀을 뿌려두었다. 곧 어두워지겠다. 이것도 맞다.

지구가 돌다가 돌에 걸렸나 봐요

1

인생은 예외가 없다. 겪을 것 다 겪어가며 산다.

다 거기서 거기다.

어떤 인생이, 자기 인생을 자기가 이길 수 있겠는가.

2

나는 걸었다. 곁에 강이 있었다. 시가 있었다. 마을이 있었다. 강물을 따라 걷다가 어디만큼 가서 다시 돌아와 서럽게 울기도 했다.

오늘도 걷다가 돌아왔다. 아무 데서나, 생각나면 바로 돌아온다. 목표가 없다. 걸으면서 나는 나를 방임한다. 나는 화가 장욱진 선생님만큼이나 겸손이 싫다. 새들처럼 아첨하지 않는다.

왼쪽에는 돌이 많은 비탈진 산이다. 겨울에는 응달이어서 한번 눈이 오면, 햇살이 돌아오는 춘삼월이 되어야 녹는다.

거기서 그냥, 돌아왔다.

3

산에서 아주 미미한 소리가 났다. 걸음을 멈추었다. 다람쥐인가? 아니다. 박새가 땅에 앉았을 리도 없다. 바람 부는 것도 아니다. 물론 내 발걸음이 땅을 흔들지도 않았을 것이다. 그런데 분명 흙 부스러기가 허물어지며 마른 나뭇잎에 잔돌 닿는 소리가 났다. 지구가 돌다가 무엇에 걸려 뒤뚱거렸나?

4

그 소리를 생각하며, 나는 걷는다. 나는 어디를 걷고 있는가. 여기는 어디인가. 나는 누구인가. 나는 무엇인가. 도대체 무얼 알고 싶은가. 무엇을 알아야 사는가.

걸었다.

아침산책이다.

곧은 연기

서리가 하얗게 앉았다.

마을을 나섰다. 마을에 해가 뜨기 전이다. 점순네 어머니가 회관 마당에서 일을 하신다. 가 보았다. 엿기름을 널고 있다. 고추장이나 제사 때 먹을 식혜를 담글 재료다.

강을 건넜다. 물가에 살얼음이 잡혔다. 오리들이 바위 위에 앉아 있다. 발이 빨갛다.

집으로 왔다. 조용히 왔다.

서리가 감나무에 앉은 아침, 아궁이에 나무를 때는 집의 연기가 하늘로 곧게 올라간다.

산 아래 작은 마을의 굴뚝 연기는 살아 있는 고요다.

고요 속을 나는 모른다.

섣달 열이레

새벽에 일어나 서재로 왔다. 달이 서쪽에서 환하다.

어젯밤 달이 떠오를 때, 아내가 이리 와 저기 저 달 보라고 나를 불렀다. 둘이 서서 떠오르는 달을 보았다. 아내가, 달같이 어여쁘던 아내가 우리 집에 처음 온 날 밤도 달이 저렇게 밝았다.

아버지 돌아가시고 일 년 후 탈상 때 아내는 처음 우리 집에 왔다. 우리는 같이 살았다. 사람들이 어떻게 만났냐고 물으면 나는 "둘이요" 한다.

어젯밤 달은 추위 때문에 희고 차가워 보였다.

서쪽으로 간 오늘 새벽달은 어쩐지 따뜻해 보인다. 어젯밤 불 밝혀 놓은 한옥, 우리가 살던 작은 방 창호지 불빛이 밖으로 새어 나왔다. 아내가 이따금 우리 집을 찾아와 섣달 열이레 달을 등지고 저 불빛 속에 나를 부르며 서 있었다.

나는 찾지 않는다
다만 발견한다

오늘은 오늘이어야 한다는 생각을, 잠자리에서 일어나기 전에 하였다.

눈 감고 한참을 누워 있었다. 불을 켜고 시계를 보았다. 새벽 세 시 사십오 분이다. 눈을 감고 뜨는 것이 가볍다. 오래 잤다.

창문을 열었다. 눈보라가 친다. 이거 웬일인가, 매일 눈이다.

네 시가 넘었다. 영국의 화가 데이비드 호크니가 쓴 책을 읽고 있는데, 방구석 어딘가에서 물방울이 주르륵 떨어지는 소리가 났다. 깜짝 놀랐다. 천장에 물이 샌다. 이런! 겨울이 오기 전에 옥상 슬래브를 점검했어야 했는데. 아무래도 물 빠지는 홈통이 막혔나 보다.

그렇게 물방울은 한참 동안 똑똑 떨어지다가 그쳤다. 이상하였다. 새는 것 아닌가. 천장에 결로가 생긴 모양이다.

봄눈이 너무 많이 와 방에서 올라간 열기와 슬래브 밑 천장 공간 찬 공기가 만나 결로가 맺혔을 것이다. 다시 호크니의 책을 펼쳤다. 그이는 파블로 피카소를 스승으로 생각하였다고 한다. 그리고 호크니는 피카소가 했던 말을 좋아하였다고 한다.

나는 찾지 않는다. 다만 발견한다.
당신이 하는 모든 일이 세심하게 통제되고 사전에 계획된다면 그런 일이 일어날 가능성은 줄어들 것이다.

호크니는 17세기의 시인 로버트 헤릭이 쓴 시 〈어수선한 기쁨〉을 즐겨 인용한다고 한다.

대충 묶은 구두끈, 그 매듭에서
나는 거친 예의를 본다.
나를 더욱 매혹시킨다. 예술이
모든 부분에서 지나치게 정확할 때보다도

나는 시인 헤릭의 '거친 예의'라는 말을 바로 알아들었다. 그의 시 작품을 찾아보았다. 이런 시가 있었다.

할 수 있을 때 장미
봉오리를 모으라
시간은 계속 날아가고 있으니
그리고 오늘 미소 짓고 있는 이 꽃이
내일은 지고 있으리니

– 〈처녀들이여, 시간을 소중히 여기길〉 중에서

여섯 시에 집을 나왔다. 눈이 쌓여 있다. 바람이 휘몰아친다. 다시 눈이 오기 시작하면서 눈송이가 얼굴을 때린다. 바람 끝은 차갑지만, 그렇게 춥지는 않다.

마을의 눈을 쓸어 길을 내 놓고 서재에 왔다.

달이 구름 속을 나올 때 구름이 별빛에 길을 내줄 때 눈 위에 서서 사진을 찍었다.

얼굴과 손이 시렸다.

고졸古拙한 경제 행위

마을회관에서 점심을 먹었다.

내가 마을에 들고 나는 흔적이 없을 때까지

나는 마을로 걷고, 걷고 또 걷고

다시 걸어 회관 문턱을 넘었다.

공부는 떠나는 것이 아니라 돌아오는 것이어서

내 모든 공부가, 아는 것이, 다 마을에서 소용없어졌다.

시중의 낡은 구두와 철 지난 문법으로 지은 옷을 벗은 지 오래다.

이제 나는 누구를 탓하고 욕하지 않게 되었다.

밥을 먹고 회관을 나와 앞산을 보고 서 있다.

어떤 이와 앞산 뒷산 오래된 나무처럼 마주 웃으며

편안한 마을의 얼굴을 주고받았다.

나는 마을에서 알게 모르게 자타가 공인하여

일반적인 마을의 일원이 되었다.

그리하여 외로움이 삭정이가 되고

부러움을 덜어 낸 청빈의 하늘이 되어 간다.

산이 저렇게 좋다. 처음이다.

처음이다. 산이 저렇게 좋아한다.

앞산에 푸른 소나무 몇 그루,

참나무와 팽나무와 밤나무 느티나무 밑, 그늘이 환한

그곳에 옛사람들이 해맑은 얼굴로

흰옷을 입고 낙엽 위에 앉아 쉰다.

낙엽 밟는 소리가 스스럼없이 이승까지 건너온다.

용서와 인용이 끝난 겨울 산의 용모가 단정하여

나무들이 나무로 서서 반듯하게 이웃으로 고마워한다.

물소리는 바람 불 때 털어냈다.

내가 낱낱이 공개된 마을,

마을에서 살아남으면 어디 가서도 살아남는다.

나는 이제, 인문적인 비밀을 간직한 삶의 혼신을 버린다.

집에 있는 겨울날엔

마을회관에서 마을 사람들과 공동으로 점심을 먹는다.

나는 손에 든 스테인리스 수저를 유심이 들여다보았던

그 어떤 날을 식사 시간을 유난히 기억한다.

지금도 마을 어머니들은 들판에서 못밥 먹을 때처럼

한쪽 무릎을 세우고 둥그렇게 모여 앉아 밥상 없이 밥을 먹는다.

그래야 도란도란 둘러앉아 머리를 맞대고 여럿이 밥을 먹을 수 있다.

수저를 거꾸로 잡은 손으로 멀리 있는 김치를 엄지와 검지로
몸을 구부려 집어 온다.
몸을 구부릴 때 어머니들의 복사뼈 굳은살을 보는 날이면
흑단같이 단단하고 물렁물렁한 삶의 무한한 신뢰 앞에
나는 눈물짓는다.
슬퍼서가 아니다.
하루의 경제적 경영 범위를 따른
몸의 고졸한 움직임들이
그토록 아름다워서다.

다시, 맨 앞

그 후의 나날들

일찍 잠에서 깼다. 아침이 조용하였다. 오래 누워 있었다. 속도 편해지고, 불편한 허리도 느낌이 괜찮다. 불을 끄고 누워 있다가 불을 켜고 누워 있었다. 무엇이 생각나지 않았다. 가만히 편안하였다. 멀리 아늑하였다. 시계를 보지 않았다. 일부러 이리 눕고 저리 눕고 반듯이도 누웠다. 한 자세로 오래 누워 있었다. 잠이 스르르 왔다.

눈이 떠졌다. 삼십 분쯤 잤다. 창문이 밝아 온다. 일어났다.

밖으로 나왔다. 서리가 하얗게 깔렸다. 서리밭을 걸었다. 서릿발들 부서지는 소리가 들린다. 무엇이 깨지는 소리가 산에서 들리는 것 같다. 환청이다. 안개도 가볍게 깔렸다.

강으로 나갔다. 억새들이 실장갑 같다. 가느다란 풀잎들이 온몸에 서리를 감고 있다. 서릿발들이 물그늘 속을 돌아다니는 피라미 몸처럼 반짝인다.

천천히 강가를 걸었다. 강을 건너갔다 왔다. 해가 강굽이를 돌아온다. 마을 앞 느티나무에 햇살이 간다. 실가지들이 흰 실 날 같다. 파르르 청색으로 빛난다. 파란 연기가 낀 것 같다. 서리 맞은 앞산 참나무 느티나무 팽나무 실가지도 햇살이 비친다.

아침 산그늘 속에서 서리 낀 나무들이 햇살을 받는다. 오! 저 드러나는 추상을 보라! 아름다움은 냉정한 추위다. 손이 시리다.

강가를 오래 돌아다닌 것 같다.

밥 먹자는 소리가 들린다.